FRÜHER WAR MEHR SCHNEE

WOHLIG WARME UND FROSTIG KALTE WINTERGESCHICHTEN

Herausgegeben von
Aleksia Sidney

KAMPA

Für den Blick hinter die Verlagskulissen:
www.kampaverlag.ch/newsletter

KAMPA POCKET
DIE ERSTE KLIMANEUTRALE TASCHENBUCHREIHE
Gedruckt auf säurefreiem und chlorfrei gebleichtem Papier
zur Unterstützung verantwortungsvoller Waldnutzung,
zertifiziert durch das Forest Stewardship Council. Der
Umschlag enthält kein Plastik. Kampa Pockets werden
klimaneutral gedruckt, kampaverlag.ch/nachhaltig infor-
miert über das unterstützte CO_2-Kompensationsprojekt.

Der Kampa Verlag wird in der Schweiz vom Bundesamt für Kultur
mit einem Strukturbeitrag für die Jahre 2021–2024 unterstützt.

Veröffentlicht im Oktober 2023 als Kampa Pocket
Copyright © 2023 by Kampa Verlag AG, Zürich
Covergestaltung und Satz: Lara Flues, Kampa Verlag
Covermotiv: © Todd Norsten
Gesetzt aus der Stempel Garamond LT / 230140
Druck und Bindung: GGP Media GmbH, Pößneck
ISBN 978 3 311 15078 7

www.kampaverlag.ch

Es schneit. Was hat das für einen Sinn?
Tuzenbach in Die drei Schwestern *von*
Anton Tschechow

Alle reden vom Wetter, aber keiner
unternimmt was dagegen.
Karl Valentin

Kalte Blumen blühn auf Fensterscheiben.
Fröstelnd seufzt der Morgenblattpoet:
»Winter läßt sich besser nicht beschreiben,
als es schon im Lesebuche steht.«
Mascha Kaléko

Inhalt

Anton Tschechow

Kleiner Scherz

Ein klarer Wintertag, um Mittag … Der Frost ist stark, er klirrt, und Nadjenka, die sich an meinen Arm klammert, hat silbrigen Reif an den Schläfenlöckchen und Flaum über der Oberlippe. Wir stehen auf einem hohen Berg. Vor unseren Füßen bis hinab zur Erde erstreckt sich eine abschüssige Fläche, in der sich die Sonne betrachtet wie in einem Spiegel. An unserer Seite ein kleiner Schlitten, mit hellrotem Stoff ausgeschlagen.

»Fahren wir hinunter, Nade da Petrovna!«, bettle ich. »Nur ein Mal! Ich versichere Sie, wir kommen heil unten an.«

Aber Nadjenka hat Angst. Der gesamte Raum vor ihren kleinen Galoschen bis zum Ende des Eisbergs erscheint ihr als ein schrecklicher, unermesslich tiefer Abgrund. Es erstirbt ihr Denken, es verschlägt ihr den Atem, wenn sie nach unten blickt, wenn ich ihr nur vorschlage, sich in den Schlitten zu setzen, denn was wird geschehen, wenn sie es riskiert, in den Abgrund zu fliegen! Sterben wird sie, den Verstand verlieren.

»Ich flehe Sie an!«, sage ich. »Sie brauchen keine Angst zu haben! Begreifen Sie doch, das ist Kleinmut, ist Feigheit!«

Endlich gibt Nadjenka nach, und ich sehe in ihrem Gesicht, sie gibt nach, den Tod vor Augen. Ich setze sie, bleich, zitternd, in den Schlitten, umfasse sie mit einem Arm und stürze mich mit ihr in den Höllenschlund.

Der Schlitten fliegt wie eine Kugel. Die durchschnittene Luft schlägt ins Gesicht, heult, pfeift in den Ohren, kneift schmerzend vor Wut, will einem den Kopf von den Schultern reißen. Vor dem Ansturm des Windes lässt sich nicht atmen. Es scheint, als halte uns der Teufel leibhaftig in den Tatzen und zerre uns unter Geheul in die Hölle. Die Gegenstände ringsum verschwimmen zu einem langen, dahinrasenden Band ... Noch einen Augenblick, und wir sind, so scheint es, verloren!

»Ich liebe Sie, Nadja!«, sage ich halblaut.

Dann fährt der Schlitten immer langsamer und langsamer, das Heulen des Windes und das Surren der Kufen sind nicht mehr so schrecklich, der Atem erstirbt nicht länger, und schließlich sind wir unten. Nadjenka ist mehr tot als lebendig. Sie ist bleich, atmet kaum ... Ich helfe ihr beim Aufstehen.

»Noch einmal fahre ich um keinen Preis«, sagt sie und schaut mich mit großen, vor Entsetzen geweiteten Augen an. »Um nichts in der Welt! Ich wäre fast gestorben.«

Etwas später kommt sie zu sich und blickt mir bereits fragend in die Augen: Habe ich diese vier Worte gesagt, oder hat sie sie nur gehört im Brausen des Windes? Und ich stehe neben ihr, rauche und mustere eingehend meine Handschuhe.

Sie hakt sich bei mir unter, und wir gehen lange am Fuß des Berges spazieren. Das Rätsel lässt ihr, wie ich sehe, keine Ruhe. Sind diese Worte gesagt worden oder nicht? Ja oder nein? Das ist eine Frage der Eitelkeit, der Ehre, des Lebens, des Glücks, eine sehr wichtige Frage, die wichtigste auf Erden. Nadjenka schaut mir ungeduldig, traurig, mit forschendem Blick ins Gesicht, gibt unpassende Antworten, wartet, ob ich nicht beginnen würde zu sprechen. Oh, was für ein Spiel in diesem netten Gesicht, was für ein Spiel! Ich sehe, sie kämpft mit sich, sie muss etwas sagen, muss etwas fragen, aber sie findet nicht die Worte, ihr ist es peinlich, sie hat Angst, die Freude hindert sie …

»Wissen Sie was?«, sagt sie, ohne mich anzusehen.

»Was?«, frage ich.

»Lassen Sie uns noch einmal … rodeln.«

Wir steigen die Treppe hinauf auf den Berg. Wieder setze ich die bleiche, zitternde Nadja in den Schlitten, wieder fliegen wir in den schrecklichen Abgrund, wieder heult der Wind und surren die

Kufen, und wieder, im schnellsten und lautesten Moment des Fluges, sage ich halblaut:

»Ich liebe Sie, Nadjenka!«

Als der Schlitten anhält, lässt Nadjenka den Blick über den Berg schweifen, den wir eben heruntergerodelt sind, dann schaut sie mir lange ins Gesicht, horcht auf meine Stimme, die gleichgültig und leidenschaftslos ist, und ihr ganzer Körper, sogar ihr Muff, ihre Kapuze, ihre ganze kleine Gestalt drücken äußerstes Befremden aus. Und ins Gesicht geschrieben steht ihr:

»Was ist nur? Wer hat jene Worte gesprochen? War er es, oder hat es sich nur so angehört?«

Diese Ungewissheit beunruhigt sie, raubt ihr die Geduld. Das arme Mädchen antwortet nicht mehr auf Fragen, wird mürrisch, fängt gleich an zu weinen.

»Wollen wir nicht nach Hause gehen?«, frage ich.

»Mir … mir gefällt dieses Rodeln«, sagt sie, errötend. »Wollen wir nicht noch einmal fahren?«

Ihr ›gefällt‹ dieses Rodeln, dabei ist sie, als sie sich in den Schlitten setzt, wie die vorigen Male bleich, atmet kaum und zittert vor Angst.

Wir fahren zum dritten Mal hinunter, und ich sehe, wie sie mir ins Gesicht blickt, meine Lippen beobachtet. Doch ich halte das Taschentuch an die Lippen, räuspere mich, und als wir die Hälfte des Berges hinter uns haben, gelingt es mir zu sagen:

»Ich liebe Sie, Nadja!«

Das Rätsel bleibt ein Rätsel! Nadjenka schweigt, denkt über etwas nach … Ich begleite sie von der Rodelbahn nach Hause, sie bemüht sich, langsam zu gehen, verlangsamt den Schritt und wartet und wartet, ob ich ihr nicht jene Worte sage. Und ich sehe, wie sie leidet, wie sehr sie sich beherrscht, um nicht zu sagen:

»Der Wind kann sie nicht gesagt haben! Ich will auch nicht, dass der Wind sie gesagt hat!«

Am andern Tag bekomme ich morgens einen Zettel: *Wenn Sie heute rodeln gehen, holen Sie mich ab. N.* Und seit diesem Tage gehen Nadja und ich jeden Tag rodeln, und wenn wir auf dem Schlitten hinunterfliegen, sage ich jedes Mal halblaut dieselben Worte:

»Ich liebe Sie, Nadja!«

Bald gewöhnt sich Nadjenka an diesen Satz wie an Alkohol oder Morphium. Sie kann ohne ihn nicht mehr leben. Zwar hat sie vor dem Fliegen nach wie vor Angst, doch inzwischen verleihen jene Worte von der Liebe der Angst und Gefahr einen besonderen Reiz, Worte, die nach wie vor ein Rätsel bleiben und das Herz schwer machen. In Verdacht stehen immer dieselben zwei: ich und der Wind … Wer von beiden ihr die Liebe erklärt, weiß sie nicht, aber es ist ihr offenbar auch schon egal; egal ist, aus welchem Glas man trinkt, Hauptsache, man wird betrunken.

Eines Tages ging ich um Mittag allein rodeln; in der Menge verloren sehe ich, wie Nadjenka zum Berg kommt, wie sie mit den Augen nach mir sucht ... Dann steigt sie schüchtern die Treppe hinauf ... Sie hat Angst, allein zu fahren, ach, welche Angst! Sie ist bleich wie der Schnee, zittert, sie geht wie zur eigenen Hinrichtung, aber geht, geht, ohne sich umzuschauen, entschlossen. Offenbar hat sie beschlossen, endlich die Probe zu machen: Werden diese wunderbaren süßen Worte auch zu hören sein, wenn ich nicht mitfahre? Ich sehe, wie sie, bleich, mit vor Schrecken geöffnetem Mund, sich in den Schlitten setzt, die Augen schließt, der Welt für immer Lebewohl sagt und sich abstößt ... »Ssss ...«, surren die Kufen. Ob Nadjenka die Worte hört, ich weiß es nicht ... Ich sehe nur, wie sie sich erschöpft und schwach vom Schlitten erhebt. Und ihrem Gesicht ist anzusehen, sie weiß selbst nicht, ob sie die Worte gehört hat oder nicht. Die Angst, während sie den Berg hinunterfuhr, hat sie der Fähigkeit beraubt, zu hören, Laute zu unterscheiden, zu verstehen ...

Da naht jedoch der Frühlingsmonat März ... Die Sonne beginnt zu liebkosen. Unser Eisberg dunkelt, verliert seinen Glanz, schließlich taut er auf. Wir können nicht mehr rodeln. Die arme Nadjenka wird nirgends mehr jene Worte hören, und es ist auch niemand mehr da, der sie sagen könnte, denn kein Wind ist zu spüren, und ich reise bald nach Petersburg – für lange Zeit, wahrscheinlich für immer.

Irgendwann vor der Abreise, ein, zwei Tage vorher, sitze ich bei Dämmerlicht im Garten, der von dem Hof, auf dem Nadjenka lebt, durch einen hohen Bretterzaun mit Nägeln getrennt ist ... Noch ist es ziemlich kalt, unter dem Mist liegt noch der Schnee, die Bäume sind tot, doch es riecht schon nach Frühling, und beim Aufsuchen ihres Nachtlagers krächzen laut die Krähen. Ich trete an den Zaun und schaue lange durch einen Spalt. Ich sehe, wie Nadjenka auf die Freitreppe heraustritt und einen kummervollen, sehnsüchtigen Blick zum Himmel richtet ... der Frühlingswind bläst ihr direkt ins bleiche, bedrückte Gesicht ... Er erinnert sie an den Wind, der uns damals auf dem Berg entgegenheulte, als sie jene vier Worte hörte, und ihr Gesicht wird traurig, so traurig, über die Wange rollt eine Träne ... Und das bleiche Mädchen streckt beide Arme aus, wie um den Wind zu bitten, ihr noch einmal jene Worte zuzutragen. Und ich warte einen Windstoß ab und sage halblaut:

»Ich liebe Sie, Nadja!«

Mein Gott, was geschieht da mit Nadjenka? Sie schreit auf, lächelt, strahlt über das ganze Gesicht und streckt dem Wind die Arme entgegen, voller Freude, glücklich und so schön.

Und ich gehe packen ...

Das alles ist lange her. Heute ist Nadjenka verheiratet; ob man sie verheiratet hat oder ob sie selbst gewählt hat – es ist der Sekretär am Vormundschaftsgericht, und sie hat heute drei Kinder. Dass wir damals zusammen rodeln gingen und ihr der Wind die Worte zutrug: »Ich liebe Sie, Nadjenka!«, ist nicht vergessen; für sie ist das heute die glücklichste, die anrührendste und schönste Erinnerung ihres Lebens ...

Und ich kann heute, da ich älter bin, nicht mehr begreifen, warum ich jene Worte gesagt habe, wozu ich mir diesen Scherz erlaubt habe ...

Joseph Roth

Verschneite Welt

Seit gestern schneit es.

Das ist kein Schnee von leichtem Oktober-geblüt, wie ihn manchmal spottlustige Herbst-wolken aus den Ärmeln schütten. Kein schwind-süchtiger Schnee, der, kaum auf dem Pflaster angekommen, in ein nasses Nichts zergeht wie eine Kriegsschaumtorte auf der Zungenspitze. Kein herbstlicher Schwindelschnee, der eigentlich nur ein weiß verkleideter Regen ist. Seit gestern ist der ehrliche, charaktervolle Schnee da, der Schnee, aus dem die Zuckerkrone des lieben Gottes gemacht ist, der Schnee aus den Wintermärchen, der Schnee der Schneeballen und der Schneemänner.

Stunden, die von den Turmuhren fallen, sinken bis über die eigenen Ohren in den weichen Flaum und lassen nichts mehr von sich hören. Die Hupen-töne der Automobile und die Trompetenstöße der Tramwayschaffner wollen schreien und können nicht. Weiße, wollige Flocken legen sich ihnen um Brust und Hals und ersticken sie. Räder knirschen, und Fahrradklingeln sind eingehüllt in dämpfenden

Hermelin. Alle Geräusche der Stadt liegen eingewickelt in bauschigem Schnee wie kostbare Instru-
mente in Watte.

Die Stadt wird vornehm wie eine Silberkönigin
in blendendem Pelz. Ihre Pagen, die goldenen
Glocken, schreiten in weißen Pelzpantöffelchen
durch die Luft. Weiches Schneestaubpuder macht
die hässlichen Sorgenrunzeln in ihrem Gesicht
unkenntlich. Die Königin Stadt ruht. Wunderbar
weiß sind ihre Glieder.

Der Schnee schläft dicht und fest auf den Dräh-
ten, auf den Kuppeln der Telegrafenstangen, auf
Türmen, Erkern und Giebeln. Er hüllt dünne, frie-
rende Zweige ein, wie man Kinder nach einem Bad
einwickelt in weiches Flanell. Die Laternen haben
weiße, spitzige Narrenkappen und vor den Gesichtern dünne Schleier mit großen weißen Tupfen. Die
goldenen Lichtkugeln der Autos und Straßenbah-
nen wirbeln Kügelchen aus Quecksilber vor sich
her, die wie Sonnenstäubchen tänzeln. Alte, miss-
günstige Besen sind heftig bemüht, den Kobold
Schnee zur Ordnung zu rufen. Sie weisen ihn weg
vom Trottoir: »Du, pass auf, hier darfst du dich
nicht hinlegen!« Aber der Schnee ist ganz ungezo-
gen und setzt sich rittlings auf die schneesüchtigen
Besen und die eifrig gebeugten Rücken der Herren
Hausmeister. So ist der Schnee.

Die Wolken lagern dicht über den Dächern, um

den Schnee leichter aus ihren weiten Manteltaschen schütten zu können. Leichte, dunstige Nebelzungen lecken an den Stirnen der Häuser. Die Menschen hasten durch die Gassen, sie sind gebückt, denn sie tragen Lasten von weißen Wundern auf den Schultern nach Hause.

Paul Theroux

Es muss ein Zauber sein

Immer, wenn ich fedrig leichten Schnee an einer Scheibe herabrieseln sehe und er sich zu einem weißen Polster auf der Fensterbank türmt, während der Wind leise stöhnend durch eine Ritze in ein Zimmer drängt, wo Flammen im Kamin singen, muss ich an das Weihnachtsfest denken, an dem ich neun war, und an unser Haus in Indian Willows.

Wir hatten uns verirrt, das sagte mir Vaters frostige Stimme. Er blaffte mich und dann meinen kleinen Bruder Louis an. Hätte er gewusst, wo wir waren, hätte er Witze mit uns gemacht. Wir fuhren in unserem Familienauto über Land. Als es anfing zu schneien und der Wagen auf der vereisten Straße schlingerte, beugte sich Vater knurrend übers Lenkrad. Das Land war weiß und der Himmel schwarz. Es war, als würden wir im Zwielicht über Wasser fahren. Ich machte mir Sorgen, weil er sich welche machte und mir nichts einfiel, womit ich ihn hätte aufheitern können. Und die Kälte auf dem Rücksitz verstärkte meine Beklemmung.

Die Fahrt war an sich eine harmlose Unternehmung. Bis Weihnachten waren es noch drei Tage, wir wollten zum ersten Mal in das Haus. Mein Vater war gerade von einer Rundreise in Asien zurückgekommen – er war Vertreter –, und unsere Freude über seine Rückkehr war groß. Am Anfang der Reise hatten wir uns gebannt seine Geschichten angehört – von Schlangenbeschwörern, von Elefanten, die dazu abgerichtet wurden, Rupien zu erbetteln, und von Tanzbären. Er hatte von einem Affen gehört, der immer mit einem Tiger reiste, weil der Tiger blind war und den Affen als Pfadfinder brauchte. Es waren magische Geschichten, und ich spürte, dass auch Vater von dieser Magie, diesem Zauber angerührt war. Seine Erzählungen weckten in uns die Sehnsucht, auch solche Dinge zu erleben, denn wir glaubten, dass man quer durch die Welt reisen müsse, durch eine Wüste von Schnee und Feuer, um sich derart verzaubern zu lassen – mit goldenen Tempeln, Fakiren und Wahrsagern, Menschen, die in einer Rauchwolke verschwanden.

Vater widersprach. »Man muss nicht so weit gehen, um Magie zu erleben«, sagte er – und in diesem Augenblick fing es an zu schneien. Er lächelte. »Was ist Magie?«, fragte er. »Etwas, das als Beweis für etwas angeführt wird, was man nicht unbedingt verstehen muss, aber glauben soll. Der Trick ist der Befehl des Magiers, der da lautet: ›Glaubt an mich.‹«

Wir sahen auf den Schnee. Er wogte im Wind, es war, als wehten uns weißgekleidete Gespenster auf der Straße entgegen.

»Magie gibt es überall«, sagte Vater.

»In unserem Haus?«, fragte Louis.

»Überall«, bekräftigte Vater, »vor allem aber hier.« Er tippte sich mit dem Zeigefinger an den Kopf.

Das Haus in Indian Willows war Vaters Überraschung. Es sei ein Geschenk für uns, weil wir so geduldig auf seine Rückkehr gewartet hätten. Er hatte uns ein Foto gezeigt, an einem sonnigen Sommertag aufgenommen – ein großes, scheunenartiges Gebäude mit Blick aufs Meer.

Ich sah mir die Aufnahme an. »Gibt es da auch Kinder?«

»Keine Nachbarn weit und breit«, erklärte er stolz. »Keinen einzigen. Es ist ganz abgelegen.«

Ich war enttäuscht, denn ich hatte auf andere Kinder zum Spielen gehofft. Und deshalb fürchtete ich mich, noch ehe wir unsere warme Stadtwohnung verlassen hatten, vor dem riesigen Holzhaus mit den dunklen Fenstern und dem grünen Hahn auf der Wetterfahne. Ich wollte da nicht hin, besonders nicht zu Weihnachten, wo ich zu Hause alles hatte stehen und liegen lassen. Aber Vater meinte, das Haus würde uns bestimmt gefallen. »Es hat einen Kamin«, sagte er. »Einen ganz großen altmodischen. Wir können Holz hacken und ein gewaltiges Feuer machen.«

Es war das einzige Bild, das mich hoffen ließ – die Vorstellung der flammenden Scheite in dem gemauerten Kamin von Indian Willows. Ich sah uns an einem verschneiten Abend um das Feuer sitzen, bis das Bild für all das stand, was Weihnachten ausmachte – Licht und Freude. Das Feuer wandelte sich ständig, wurde von einem Strauß riesiger Federn zu einem Sonnenaufgang und dann zu einem prächtigen Tier. In einem Haus mit einem lebendigen Feuer zu wohnen war so, als kauerte ein Tiger an der Zimmerwand, gähnend und flackernd und strahlend wie ein Gott.

An einem kalten Morgen fuhren wir los. Es war so früh, dass die Straßenlaternen noch brannten, einsame gelbe Leuchtfeuer in der leeren Stadt. Wir fuhren durch die Dunkelheit, als wären wir auf der Flucht. Wir hatten einen Picknicklunch mitgenommen, den wir am Straßenrand im Auto verzehrten, und während Mutter Sandwiches verteilte, studierte Vater die Karte. Am späten Nachmittag auf einer schmalen Straße (Vater redete wieder von Magie) kam der Schnee, erst als leichtes Gestöber, dann in Wolken kleiner, schwungvoller Flocken.

Mit dem Schnee kam die Dunkelheit. Die Häuser und Geschäfte, an denen wir vorbeifuhren, waren geschlossen, die Fenster wie blinde Augen.

»Können wir anhalten und was kaufen?«, fragte ich.

Aber ich wollte nichts kaufen, ich wollte wissen, warum diese Häuser verlassen waren.

»Geht nicht«, sagte Vater. »Sie haben nur im Sommer geöffnet.«

Der Sommer schien sehr fern. Von der langen Fahrt und der Winterkälte war mir übel. Ich beneidete Louis, der fest schlief und schnarchte, die Hände in den Taschen vergraben.

»Warum?«, wollte ich fragen, aber da herrschte Vater uns an, wir sollten still sein. Mutter beugte sich nach hinten und strich mir übers Haar. Ich wusste, dass Vater sich verfahren hatte. Deshalb wirkte er so wütend, aber in Wirklichkeit sorgte er sich.

»Bestimmt gibt es ein Hotel«, sagte Mutter.

»Im Winter geschlossen«, sagte Vater und fluchte mit Wörtern, die er uns immer verboten hatte.

Der Wagen wurde langsamer. Durch den Schnee, der im Scheinwerferlicht tanzte, sah ich eine Kreuzung.

Mutter raschelte mit der Karte. »Ich werde daraus nicht klug«, sagte sie.

»Fahr nach links«, sagte ich.

Vater drehte sich um. »Warum?«

Die linke Straße war breiter, ich sah Reifenspuren und Telefonmasten und einen vertrauenerweckend soliden Zaun. Sie strahlte Sicherheit aus. Aber ich wusste nicht, wie ich das erklären sollte. Auf breiten Straßen hatte ich immer das Gefühl, als wären wir auf dem Weg nach Hause, auf schmaleren hatte ich meine Zweifel, ob wir je ankommen würden, und bei ganz kleinen Straßen war mir, als könnten wir einfach verschwinden – da vorn, wo sie scheinbar aufhörten.

»Weil auf dieser hier Spuren sind«, sagte ich.

»Wir fahren schon seit Stunden«, sagte Mutter.

»Mit den Spuren hat Marcel vielleicht recht«, sagte Vater und bog nach links ab. Hier lag der Schnee hoch, und es schneite weiter. Wir fuhren durch einen weißen Tunnel, der uns lautlos einschloss. Der Wagen schlingerte, und Vater fluchte. Ich hätte mich gern bewegt, um mich ein bisschen aufzuwärmen, aber ich traute mich nicht. Lieber Gott, mach, dass wir bald ankommen, betete ich.

Ich hatte Vater immer vertraut. Er war lustig, er war stark, er hatte lange und gefährliche Reisen unternommen, aber heute war er anders. Der Schneesturm und dass er nicht genau wusste, wohin – das warf ihn aus der Bahn.

Der Schneesturm brachte Angst und Schrecken und ungewohnte Geräusche. Machte, dass meine Zehen wegen der schneidenden Kälte schmerzten, war schuld an dem muffigen Geruch im Wagen, brachte Verzögerung. Ich war reisekrank, ich war ungeduldig, ich bedauerte, dass wir hergekommen waren. Ich hatte nicht wirklich sagen können, warum ich lieber zu Hause geblieben wäre. Jetzt wusste ich es. Der Schnee war gnadenlos – er deckte die Autofenster zu und sorgte dafür, dass die Scheibenwischer hart an den Rahmen schlugen. Er war schuld daran, dass wir allein auf der Straße waren. Wir dürften gar nicht hier sein, dachte ich. Dieser Schnee, diese Wälder, diese holperige Fahrt – hörte das denn nie auf?

Und da war noch etwas, was ich kaum zu denken wagte –, dass mein Vater – so verwegen, so tapfer! – gerade eine große Dummheit beging. Er hätte es besser wissen müssen, als uns durch diesen Schneesturm zu jagen. Aber er hatte uns von zu Hause weggelockt, und jetzt hatte er den Weg verloren, und deshalb waren wir alle verloren.

Mutter sagte: »Es ist so dunkel, meinst du, es ist noch weit?«

»Frag Marcel«, blaffte Vater. »Er hat mir gesagt, wir sollen uns links halten.«

»Sei nicht kindisch«, sagte Mutter. Das sagte sie oft, wenn sie sich über ihn ärgerte.

»Es ist nicht mehr weit«, sagte ich. Ich sah Vögel auf den Bäumen am Straßenrand hocken, auf den Zweigen schlafen.

Das machte mir Angst – selbst die Vögel waren nicht so dumm, durch einen Schneesturm zu reisen. Und unter jedem dunklen Baum war etwas noch Dunkleres, wie ein Panther, ein schlanker, gebuckelter Schatten, der sein böses Gesicht in den Schnee gesenkt hatte und uns Vorbeifahrende ansah.

»Guckt mal«, krähte Louis, der gerade gähnend aufgewacht war, »ein Licht. Ist das unser Haus?«

»Nein«, sagte Vater. »Aber wir halten am besten hier und lassen uns den Weg beschreiben.«

Das Licht flackerte wie Feuer.

»Was macht denn das Licht da?«, fragte Louis.

Vater schwieg. Er lenkte den Wagen vorsichtig von der Straße weg in die Einfahrt eines Hauses, das sich turmhoch in die stürmische Nacht reckte. Es sah aus, als fiele der Schnee aus seinen oberen Stockwerken. Die Veranda und die Gartenlaube waren leer, aber die schmalen Fenster leuchteten hell, und durch das Licht, Warnung und Willkommensgruß zugleich, wirkte das Haus befremdlicher, als wenn es völlig dunkel gewesen wäre.

»Ist es ein Hotel?«, fragte Mutter.

»Sieht so aus«, meinte Vater. »Keine Ahnung, warum es noch geöffnet hat. Vielleicht finden wir hier jemanden, der uns sagen kann, wo wir sind.«

Er stellte den Motor ab und stapfte durch die Schneemulden in Richtung Haus. Und dann verschwand er darin.

2

Wir warteten im Wagen. Ich sprach nicht mit Mutter, weil ich wusste, dass meine Stimme gezittert hätte. Der Wind hatte sich gelegt, und der Schnee fiel jetzt schnell und lautlos. Es war eine mondlose Nacht, aber durch die Fenster des vor uns aufragenden Hauses fiel Licht auf die taumelnden Flocken und ließ im Hof, zwischen dem nahen Wald und der Veranda, seltsame Buckel und Rundungen erkennen, als lägen dort Leichen im tiefen Schnee vergraben.

Um das Haus herum war der Schnee voller Licht und Schatten, und weiter weg stürzte weißer Schnee aus einem schwarzen Himmel. Ich kurbelte das Wagenfenster ein paar Zentimeter herunter und hörte anrollende Wellen. Die See war nah, vielleicht nur kurz hinter der verschneiten Baumgruppe. Was passiert mit Schnee, der ins Meer fällt?, überlegte ich. Bei dem Gedanken an eisige, schneedurchsetzte Wellen, die an einen verlassenen Strand schlugen, lief es mir kalt den Rücken herunter.

Die Haustür ging auf und zeichnete eine helle Spur in den Schnee. Ich sah Vater, aber er war nicht allein. Neben ihm stand ein Mann, der viel größer war als er, mit einem windschiefen Hut, einem schwarzen Umhang, der ihn wie ein schlaffes Flügelpaar umgab, und Lederstiefeln, die beim Gehen knarrten. Er bewegte sich rasch und zielstrebig und rieb sich die Hände, und noch ehe er am Wagen stand, war er voller Schnee.

»Wo sind wir?«, fragte Mutter, als Vater die Wagentür aufmachte.

»Genau das hat mich schon Ihr Mann gefragt«, sagte der Mann mit dem Umhang. Dann bückte er sich und sah mich. »Was haben wir denn hier? Zwei Kinder? Hockt nicht so dumm herum, kommt ins Warme.«

»Wir sollten über Nacht hierbleiben, meint er«, sagte Vater.

»Allerdings«, bekräftigte der Mann. »Kommt nicht infrage, dass ihr über diese gefährlichen Straßen weiterfahrt. Wir sind an der Küste. Eine falsche Bewegung, und ihr rutscht geradewegs ins Meer.«

»Unser Haus kann nicht mehr weit sein«, sagte Mutter.

»Das wird sich morgen zeigen«, sagte der Mann und fing an, unser Gepäck auszuladen. »›Wir haben uns verirrt‹, hat Ihr Mann zu mir gesagt. Und ratet mal, was ich geantwortet habe. ›Ihr habt euch nicht verirrt – ihr seid im Osgood's.‹«

Mutter nahm Louis auf den Arm, und ich folgte ihren Fußabdrücken im Schnee.

»Nur hereinspaziert«, sagte der Mann. Er blieb an der Tür stehen und hielt sie uns auf. »Geht ins Wohnzimmer und macht es euch bequem.«

Als ich an ihm vorbeiging, sagte der Alte: »Was dagegen, wenn ich Skipper zu dir sage? Nein? Schön, dann geh zu den anderen und sag ihnen, sie sollen sich nicht sorgen. Ich beiße nicht.«

In der Wärme, die uns empfing, duftete es nach Holz, es war ein wunderbarer Geruch wie nach frischen Blüten, und von der Hitze im Wohnzimmer brannte mir das Gesicht. In einem massiven Kamin loderten Holzscheite, und ihre Flammen funkelten in Spiegeln, Messing und Kristall. Die Bewegung des Feuers ließ Schatten hüpfen und machte die Bilder an der Wand lebendig – auf einem tanzte eine Frau, ein Reiter galoppierte über ein gelbes Feld, eine listige Alte mit Schürze ließ einen Schlüssel baumeln.

»Macht es euch gemütlich«, sagte der Mann. Mir drückte er ein schweres Schüreisen in die Hand. »Bring das Feuer auf Touren, Skipper.«

»Ich sehe es nicht gern, wenn sie mit Feuer spielen«, sagte Mutter.

Ich stocherte zwischen den Scheiten herum, dass die Funken stoben.

»Er spielt nicht mit dem Feuer«, sagte der Mann. »Er hilft ihm atmen.«

Die Flammen zuckten im Kamin hoch, glitzerten in den Augen des Mannes, der freudig zusah, und röteten sein Gesicht.

»Wir haben auch einen Kamin«, sagte Louis. »In unserem neuen Haus.«

»Und wo ist euer neues Haus?«, fragte der große Mann.

»Indian Willows«, sagte Vater.

»Das sind zwei Tagesmärsche von hier.« Der Mann entschuldigte sich kurz. »Bin gleich wieder da.«

Als er fort war, sagte Mutter: »So ein Hotel ist mir noch nie untergekommen. Und auch noch nie so ein Hoteldirektor.«

»Er ist angeblich der Hausmeister.«

»Wie heißt er denn?«, wollte ich wissen.

Aber ehe Vater antworten konnte, war der Alte wieder da, noch immer mit seinem windschiefen Hut und im schwarzen Umhang. »Ihr könnt mich Pappy nennen«, sagte er. »Alle nennen mich so.«

»Ist das Ihr Hotel?«, fragte Vater.

»Wer sagt, dass es ein Hotel ist?« Der Alte stellte das Tablett, das er mitgebracht hatte, auf einen niedrigen Tisch und legte Brotscheiben, ein Glas Marmelade und mehrere lange metallene Gabeln darauf. »Das sind alte Toastgabeln.« Er steckte eine Scheibe Brot darauf und zeigte uns, wie man das Brot röstet, indem man die Gabel nah ans Feuer hält, sagte: »Jetzt macht ihr's« und gab Louis und mir die Gabeln.

»Das ist sehr nett von Ihnen«, sagte Mutter. »Wir hatten schon die Hoffnung aufgegeben, irgendwo unterzukommen.«

»Hier ist alles dicht«, bestätigte Pappy. »Aber ich freue mich, dass ihr gekommen seid. Hier hat sich schon länger niemand sehen lassen.«

»Sie haben also Gäste?«, fragte Vater.

»Einmal im Jahr.« Pappy lächelte. »Immer um diese Zeit.«

»Ja, wo stecken die denn?«, fragte Mutter.

»Hier im Zimmer«, sagte der Alte zufrieden. »Die Gäste seid ihr.«

Danach hörte man nur noch das Feuer knistern. Die großformatigen Bilder an den Wänden glänzten und schimmerten, und die Menschen in den Rahmen betrachteten uns mit großen Augen. Ein Mann beugte sich auf seinem Sessel vor, um einen besseren Blick zu haben, eine Familie mit Hund musterte uns verwundert, und das Hündchen wedelte mit dem Schwanz. Der Reiter galoppierte noch immer, und die Frau tanzte, aber aller Blicke waren auf uns gerichtet.

Ich sah auf, und mir schien, dass er und Mutter auf ihrem Sofa genauso stattlich wirkten wie die Menschen auf den Bildern. Das lag an dem Feuer, das dem Zimmer seine lebendige Schönheit schenkte.

»Soll das heißen, dass wir die ersten Gäste sind, die Sie in diesem Jahr haben?«, fragte Vater.

Pappy nickte. »Die letzten sind vor genau einem Jahr gegangen. Sie haben hier übernachtet, sie hatten sich auch verirrt. Das Haus ist so abgelegen, dass man sich verfahren muss, um es zu finden. Sie haben Glück gehabt. Heute, bei den schnurgeraden Straßen, kommt es nicht mehr oft vor, dass man sich verfährt. Ihnen ist das zwar passiert, in der Dunkelheit und im Schnee, aber Sie haben das Licht gesehen.«

»Ich habe mich bisher noch nie verfahren«, sagte Vater.

»Das meine ich ja«, erklärte Pappy. »Freuen Sie sich nicht, dass Sie sich verfahren haben? Sonst hätten Sie mich nicht gefunden.«

»Sie haben also nur einen Abend im Jahr geöffnet?«, fragte Mutter.

»Das habe ich nicht gesagt. Ich habe gesagt, dass Leute wie ihr nur eine Nacht hierbleiben, die Nacht, in der ich Dienst habe. In manchen Jahren kommt gar keiner.«

»Wie sonderbar«, sagte Mutter.

»Und was machen Sie den Rest der Zeit?«, fragte Vater.

»Ich genieße die Aussicht«, sagte Pappy.

»Allein?«, fragte Mutter.

»Glauben Sie wirklich, dass Sie hier im Zimmer allein sind, Gnädigste?«, fragte Pappy zurück. »Schauen Sie sich nur die vielen Leute an.«

Und dann stand er auf, griff unerwartet ins Feuer und holte geschickt einen kurzen Stecken heraus. Er schwenkte ihn, und an der Spitze erschien ein knubbeliges Flämmchen. Mit dieser Fackel trat er vor die Bilder.

»Richter Orpenshaw«, sagte er, und Richter Orpenshaw schien vor Pappys Fackel zu erschrecken. »Major MacKay und sein Pferd Lucifer. Und da ist die Witwe Pymore – die Leute hielten sie für eine Hexe mit sechs Fingern, die wie eine Fledermaus im Kamin hing und heulte. Man traute ihr schlimme Dinge zu.«

»Wirklich?«, fragte ich und kaute an dem Marmeladentoast, den ich mir gemacht hatte.

»Nein. Sie hatte nur fünf Finger, das siehst du doch. Da ist die Familie Grover, und das Ding, das wie ein Fausthandschuh aussieht, ist ihr Hund Sammy …«

Pappy ging quer durchs Zimmer und hielt seine Fackel an die großen Bilder und sagte uns, wer die Leute waren. Während er redete, wurden die Bilder immer lebendiger, und als er fertig war, schien es, als wären wir in einem Zimmer voller Menschen, die uns schweigend Gesellschaft leisteten.

»Was ist das?«, fragte Vater und deutete auf ein dunkles Bild in der Ecke.

Ich sah nur einen Rahmen, ein mannshohes goldfarbenes Rechteck, kunstreich geschnitzt, und darin Dunkelheit. Es mochte ein sternenloser Himmel sein oder dichter Nebel oder eine drohende Gewitterwolke.

Vater sah genauer hin. »So ein Bild habe ich noch nie gesehen.«

»Das ist kein Bild«, sagte Pappy.

»Sondern?«, fragte Mutter.

Pappy hatte sich vor das Feuer gesetzt und warf seine Fackel zwischen die lodernden Scheite. Er lachte vor sich hin. »Wenn ich Ihnen das sagen würde, wüssten Sie so viel wie ich.«

»Wenn wir morgen früh losfahren wollen, sollten wir jetzt schlafen gehen«, sagte Vater. »Es gibt viel zu tun, bald ist Weihnachten.«

»Weihnachten …« Pappy beugte sich vor. Seine Stimme polterte durchs Zimmer. »Da bekommt ihr alle Geschenke. Aber wenn ihr euch wünschen könntet, was ihr wollt, ganz egal was – was würdet ihr sagen?«

»Eine knifflige Frage«, sagte Vater.

»Das sagen Sie, weil Sie nicht wissen, was Sie wollen«, meinte Pappy. »Sie würden sich kein Wunder wünschen, Sie würden sich etwas wünschen, das jemand anderes hat – nicht etwas, was Sie sich nur vorgestellt, sondern etwas, was Sie mit eigenen Augen gesehen haben. Und wahrscheinlich wäre es etwas sehr Simples.«

»Wenn ich mir wünschen könnte, was ich wollte«, sagte ich, »dann wäre es unser Haus.«

»Das ist zu einfach«, sagte Pappy. »Ihr habt schon ein Haus in Indian Willows.«

35

»Aber wir haben uns verirrt«, wandte Louis ein.

»Wartet bis morgen«, meinte Pappy. Wieder streckte er einen langen Arm aus und griff ins Feuer. Wie er so vor den Flammen stand, wurde er zu einem großen roten Mann in einem Zaubermantel. Er suchte sich eine Fackel und führte uns zur Treppe. »Jetzt bringe ich euch auf eure Zimmer.«

Oben angekommen, schwenkte er seine Fackel. »Die Kinder da, die Eltern dort hinein. Ich sage jetzt gute Nacht. Und morgen bekommt ihr eure Wegweisung.«

In dem Zimmer, das er Louis und mir zugewiesen hatte, brannte nur eine Kerze, aber selbst in diesem matten Licht sah ich, wie sonderbar es war. Die Decke war hoch und ausgemalt, das Bett breit wie eine Barke, Pfosten trugen einen Betthimmel mit Fransen. Außerdem standen ein rotes Samtsofa im Zimmer, ein Krug und eine Waschschüssel und ein Spiegel, den ich zuerst für ein Bild hielt.

Louis krabbelte ins Bett. »Wenn ich haben könnte, was ich wollte, würde ich mir Juwelen wünschen. Wie Aladin.«

Ich zog die Gardinen beiseite. Der Schnee lag hoch auf der Fensterbank, und es schneite immer noch. Wie wir in diesen Schneemassen unser Haus in Indian Willows finden sollten, war mir schleierhaft, aber den Gedanken behielt ich für mich.

3

Die Morgendämmerung war graublau und machte sich wie eine glühende Spinne daran, in die Wolken zu klettern und sie zu entzünden. Keine Sonne, nur dieses unheimliche Licht. Die hoch aufragenden schwarzen Äste waren wie Geweihe, auf den unteren Zweigen lag dicker Neuschnee. All das sahen wir durch den Raureif, der zarte Bilder von Farnen und Blumen auf die Fensterscheiben gezeichnet hatte. Louis und ich waren früh aufgestanden, und was wir draußen sahen, war so sonderbar, dass wir zunächst nicht wussten, wo wir waren. Dann fielen uns der Schneesturm wieder ein, die Straße, das Haus und der freundliche Mann, der uns begrüßt hatte.

Statt die Eltern zu wecken, gingen wir nach unten und machten uns auf die Suche nach ihm. Im Haus rührte sich nichts, aber nicht weit weg hörten wir die zusammenfallende Gischt, hörten Wellen an den Strand schlagen und den dünnen Gesang des Windes in kahlen Zweigen.

»Hallo«, rief ich. »Ist hier jemand?«

Meine Stimme kam von der Holztäfelung der Diele und der Tiefe ferner Räume zu mir zurück.

»Komm, wir sehen mal in der Küche nach«, sagte Louis.

»Herumschnüffeln gehört sich nicht«, wandte ich ein.

»Aber wo ist der Mann?«

»Vielleicht schläft er noch«, sagte ich. Dabei hatte ich fest damit gerechnet, ihn zu sehen, denn er hatte versprochen, uns heute den Weg zu unserem Haus zu zeigen. Vielleicht wartete er im vorderen Flur? Nein, dort waren nur ein leerer Garderobenständer, ein vermotteter Elchkopf und ein chinesischer Gong. Wir versuchten es im Wohnzimmer, wo wir uns am Feuer gewärmt hatten. Die Bilder waren da, aber da war kein Mann, und das Feuer brannte nicht mehr. Der Kamin war sauber gefegt, die Kaminböcke waren blank geputzt, Tablett und Toastgabeln weggeräumt. Es war alles so ordentlich, dass ich kaum glauben konnte, in demselben Zimmer zu sein. Ohne das Feuer wirkten die Gemälde matter, und ich hatte noch nie eine so schmerzliche Enttäuschung empfunden wie in dem Augenblick, als ich durchschaute, dass diese flachen Bilder mich zum Narren gehalten hatten.

»Er ist weg«, sagte Louis.

Das konnte ich nicht glauben. Auch wenn wir den Mann nicht gefunden hatten, spürte ich, dass er auf geheimnisvolle Weise im Haus anwesend war. Das merkte ich an der Wärme, die es ausstrahlte.

»Vielleicht ist er ausgegangen«, sagte ich.

Wir liefen durchs Wohnzimmer wieder in die Diele und zurück zur Haustür. Sie war von innen mit Kette und Riegel versperrt. Im Schnee waren keine Fußspuren, weder vorn noch an der Seite entdeckten wir welche, als wir in den nächsten Minuten aus allen Fenstern sahen.

In der Diele sahen wir dann den Umschlag. Weiß und groß lehnte er an der Schreibgarnitur auf einem Tisch neben dem Garderobenständer, als wäre er für uns bestimmt, ja, als sollten wir ihn auf keinen Fall übersehen. Aber es war weder Name noch Adresse drauf, keine Briefmarke, nichts.

»Eine Geheimbotschaft«, sagte Louis.

»Sehr geheim kann sie nicht sein, wenn jeder sie sehen kann.« Ich griff nach dem Umschlag. »Und nicht mal zugeklebt. Guck, die Klappe ist auf.«

»Lies mal vor«, verlangte Louis. »Ich sag auch keinem, dass du ihn aufgemacht hast.«

»Ich hab ihn nicht aufgemacht, er war schon auf.« Ich zog eine Karte heraus.

Louis zerrte ungeduldig an meinem Ärmel. »Was steht drauf?«

»Nichts.«

Und genau so war es. Es war eine Karte aus festem Karton, einmal gefaltet, innen war eine Weihnachts-landschaft zu sehen. ›Weihnachtslandschaft‹ sage ich, aber es war viel mehr als das, es war eine Farm- und Marschlandschaft aus der Vogelperspektive, im Schnee versinkende Häuser und Bäume, um-geben von Straßen, dahinter das Meer. Ein Foto, dachte ich zuerst, aber als ich genauer hinsah, erkannte ich, dass es eine Federzeichnung war, bis in die kleinsten Einzelheiten so fein gestrichelt, dass das Bild wie lebendig wirkte. Das Meer schien sich aufzubäumen, die Wellen schienen auf den Strand zu schlagen, ich meinte, das undeutliche Flattern von Vögeln zu sehen und Schornsteinrauch. Diese Schwarz-Weiß-Zeichnung war ebenso lebensecht, wie es die Bilder im Hotel gewesen waren. Ich sah aus Hunderten von Metern auf eine verschneite Landschaft hinab, auf schneebedeckte Dächer und frisch geräumte Straßen und die Schatten von Spuren in den Wäldern.

»Es ist eine Weihnachtskarte, aber schön ist sie nicht«, sagte Louis. »Wo ist der Weihnachtsmann?«

»Du glaubst doch gar nicht an den Weihnachtsmann.«

»Und wo ist das Jesuskind?«, maulte Louis. »Und wo der Weihnachtsbaum?«

»Wenn du ganz genau hinschaust«, sagte ich, »siehst du eine hübsche weiße Kirche – ja, genau da –, und da drüben ist ein ganzer Wald aus Tannenbäumen. Und ein Weihnachtsbaum ist auch dabei.«

Louis kniff die Augen zusammen und ging mit dem Gesicht ganz nah an die Karte heran. Jetzt erkannte er die Kirche und die Bäume. Aber er sagte nur: »Der Weihnachtsbaum ist nicht geschmückt.«

»Natürlich nicht, er steht doch im Wald, du Dummerchen.«

»Wir wollen sie Dad zeigen.«

»Hoffentlich wird er nicht böse …«

Als ich Schritte hörte, schob ich die Karte zurück in den Umschlag. Die Schritte waren laut und ließen die Treppe vibrieren. Ich wich zurück und wollte gerade den Umschlag wieder auf den Tisch legen, wo ich ihn gefunden hatte, als Vater in seinen schweren Stiefeln und im Wintermantel auftauchte. Er stapfte zu uns herüber. »Was habt ihr denn da?«

Ich zeigte ihm den Umschlag. Er holte die Karte heraus und betrachtete sie kopfschüttelnd. »Eine komische Weihnachtskarte.«

»Sag ich doch.« Louis schnitt mir ein Gesicht.

»Schau mal, was die Kinder gefunden haben«, sagte Vater. Mutter war gerade in die Diele gekommen und hatte sich wie Vater warm angezogen – sie trug ihren pelzbesetzten Mantel mit Kapuze und Stiefel.

»Hübsch«, sagte sie. »Wem gehört sie wohl?«

»Ich denke, dass sie für uns ist«, sagte ich.

»Es steht kein Name drauf«, wandte Mutter ein.

»Aber außer uns ist niemand hier.«

»Wir können Pappy fragen«, sagte Vater. »Habt ihr ihn gesehen?«

»Nein, wir haben schon überall gesucht«, sagte ich.

»Er muss aber hier sein, er hat uns eine Wegbeschreibung versprochen.«

»Wissen wir jetzt wieder nicht, wo wir sind?«, fragte Louis ängstlich.

Vater griff sich den chinesischen Gong und schlug ihn. Das hohle Dröhnen hallte durch die Räume, aber als es in einer entfernten Ecke des Hauses ausklang, antwortete niemand.

»Das verstehe ich nicht«, sagte Mutter. »Wo kann er sein?«

»Draußen im Schnee sind keine Fußspuren«, sagte ich. »Wir haben nachgesehen.«

»Wir können nicht den ganzen Tag hier warten«, meinte Vater. »Dann kommen wir eben ein andermal wieder.« Er ging zur Tür und schob den Riegel zurück.

»Wo willst du hin?«, fragte Mutter.

»Zum Haus.«

»Wie denn? Hast du vergessen, dass wir uns verfahren haben?«

Louis war verzweift. Er weinte. »Wir haben uns verfahren.«

Vater fluchte flüsternd. »Und eingeschneit sind wir jetzt auch.« Er lief in der Diele hin und her. »Er hätte uns wenigstens eine Nachricht hinterlassen können.«

»Vielleicht hat er uns die Weihnachtskarte dagelassen.«

»Ich will keine Weihnachtskarte, ich will ein paar simple Anweisungen, wie wir hier wegkommen.«

»Bitte schrei nicht«, sagte Mutter. »Wir werden es schon schaffen.«

»Ja, sicher«, lenkte Vater ein. »Wir haben noch den ganzen Tag vor uns. Am besten setzen wir uns gleich in den Wagen und machen uns auf die Suche. Und die Karte legst du dahin, wo du sie gefunden hast.«

»Da wird er traurig sein«, sagte ich. »Er wird denken, dass sie uns nicht gefallen hat.«

»Womit er recht hat.« Vater warf einen bösen Blick auf die Karte.

»Er war nett …«, sagte ich, aber Vater fiel mir ins Wort. »Moment mal. Da ist unser Haus!«

Wir sahen aus dem Fenster.

»Nicht da draußen. Hier, auf der Karte. Seht ihr das große Haus mit der Wetterfahne auf der Lichtung? Das ist unser Haus.«

Wir sahen uns die Stelle an, auf die Vater deutete. Ich erkannte die Ähnlichkeit zwischen diesem Haus und dem auf dem Foto, das Vater uns gezeigt hatte, aber durch den Schnee konnte man es weniger gut erkennen.

»Da ist die Straße, die ich gestern Abend gesucht habe«, sagte er.

»Bist du dir sicher, dass das unser Haus ist?«, fragte Mutter. »Mir kommt das andere Haus in der Ecke bekannter vor.«

»Nein«, widersprach Vater. »Das da hat eine Veranda und ist viel größer als unseres.«

43

»Das Haus, in dem wir sind, hat eine Veranda«, sagte ich.

Vater sah aus dem Fenster. »Ja, das ist das Haus, in dem wir jetzt sind. Es ist auf der Karte. Wir brauchen also nur der Küstenstraße zu folgen und uns links zu halten. Zwei Stunden Fahrt, schätze ich. Das hier ist genauso gut wie eine Landkarte.«

»Besser«, meinte Mutter. »Auf Landkarten sind keine Häuser.«

Als wir im Wagen saßen, sagte Vater: »Wenn wir da sind, mache ich als Erstes ein schönes Feuer im Kamin. Ihr könnt mir beim Holzholen helfen, Jungs. Kein Weihnachten ohne Feuer im Kamin.«

4

So fanden wir zu unserem Haus in Indian Willows. Es war ein schönes Haus – nicht die große, düstere Scheune, vor der ich mich gefürchtet hatte, sondern ein altes, standfestes Bauernhaus mit steilem Dach und einem grünen Wetterhahn, der sich bei Wind auf der Kuppel drehte. Die Räume waren total verrückt angeordnet – oben waren Küche und Esszimmer und ein Wohnzimmer, das sich über die ganze Länge des Hauses erstreckte, die Schlafzimmer – vier an der Zahl – waren im Erdgeschoss. Vom Wohnzimmer aus, das über den Baumwipfeln lag, hatte man einen atemberaubenden Blick auf die See – zehn Meilen blauer Ozean und die vereiste Bucht. Weiße Schaumkronen jagten auf den Strand zu, und wenn man am Wohnzimmerfenster stand, meinte man, auf einer Schiffsbrücke zu stehen und die offene See anzusteuern.

Der Kamin im Wohnzimmer war, wie Vater ihn geschildert hatte, ein Rundbogen aus Feldsteinen. Sobald wir unsere Sachen eingeräumt hatten, stapelten wir Holzscheite darin auf und bestürmten Vater, ein Feuer zu machen. Vater war ein sehr systematischer Mensch. Er weigerte sich, auch nur ein einziges Streichholz anzuzünden, bis er mit der Anordnung der Scheite zufrieden war. Unter diese legte er Zweige und Sägespäne, die brauche man, um das Feuer anzufachen, sagte er.

»Ich möchte das erste Streichholz anzünden«, sagte Louis.

»Nein«, befand Vater. »Ich will nicht, dass du Streichhölzer anzündest.«

»Feuer ist gefährlich«, bestätigte Louis.

Also riss Vater das erste Streichholz an, aber es ging aus, als er es an die Zweige hielt. Er zündete noch eins an und dann das nächste, er machte eine Fackel aus der Zeitung und schob sie in den Kamin. Und die Zweige fingen Feuer und rauchten. Aber das Feuer ging aus, und der Rauch, der im Zimmer stand, trieb uns die Tränen in die Augen.

Vater ließ nicht locker. Er versuchte es mit Papierschnipseln, und als das nicht klappte, mit Rindenstreifen. Er entlockte den Schnipseln und der Rinde ein Flämmchen, aber es brannte nur kurz, und der Rauch nahm uns den Atem.

»Der Schornstein muss verstopft sein«, sagte er. »Da kann man nichts machen.«

»Feuer ist gefährlich«, wiederholte Louis.

Ich sah Vater an. »Ohne Feuer im Kamin kein Weihnachten, hast du gesagt.«

»Das Haus ist geheizt«, meinte Vater. »Dir ist doch nicht kalt?«

»Nein.« Aber ich hätte ihm gern gesagt, dass ich mich darauf gefreut hatte, das Feuer im Kamin brüllen zu hören wie einen Tiger mit geflammtem Fell.

»Aber wie kommt der Weihnachtsmann rein, wenn der Schornstein verstopft ist?«, fragte Louis, und ich trauerte dem Bild nach, das ich mir von Weihnachten gemacht hatte – unsere Familie um das lodernde Feuer vereint, warm und glücklich, wie Gläubige bei einer uralten Zeremonie.

Damit war es also nichts. Den ganzen Vormittag starrte ich auf die gähnende Leere in dem gemauerten Feldsteinbogen und auf die Scheite, die Vater zur Dekoration darin gelassen hatte.

»Vergesst nicht, dass in zwei Tagen Weihnachten ist«, sagte er beim Mittagessen. »Wir haben noch viel zu tun, und einen Baum brauchen wir auch.«

Er redete sich in Schwung – wahrscheinlich wollte er uns von der Pleite mit dem Feuer ablenken –, aber ich musste an Pappy denken, den Kamin in seinem großen Haus und wie er in die Flammen gegriffen hatte, um sich eine Fackel herauszuziehen. Vater erwähnte ihn nicht, aber es war Pappy gewesen, der uns geholfen hatte, als wir uns verfuhren, und seine Karte hatte uns zu unserem Haus geführt.

»Nimm noch Kartoffeln, Marcel«, sagte Vater, und weil er merkte, dass ich traurig war, fragte er: »Was ist los?«

»Ich hab an Pappy gedacht.«

»Den komischen Alten?«

»Wir sollten ihn bitten, Weihnachten mit uns zu feiern«, sagte ich.

»Gute Idee«, meinte Mutter.

»Er hat bestimmt schon was vor«, wandte Vater ein. »Irgendwie war er eigenartig. Dass er behauptete, er hätte nur einmal im Jahr Gäste …« Er runzelte die Stirn, und ich merkte, dass er so seine Zweifel an der Geschichte hatte. »Und dann diese Weihnachtskarte, falls es denn eine war …«

»Es war eine«, sagte ich.

»Aber ohne Fröhliche Weihnachten«, sagte Louis.

»Sie hat uns hergebracht«, sagte ich. »Sonst wüssten wir immer noch nicht wohin.«

»Stimmt«, sagte Vater. »Hängen wir die Karte über den Kamin.«

Weil ich die Karte als Erster gesehen hatte, durfte ich sie an ein Band über dem Kaminsims stecken. Sie baumelte dicht vor meinem Gesicht. Ich sah das seltsame Hotel, in dem wir übernachtet hatten, und ging mit dem Blick den Straßen nach, die zwischen ihm und uns verliefen. Ganz genau besah ich mir den Wald, an dem Vaters Versuche gescheitert waren, unser Haus zu finden, und da sah ich – auf halbem Wege zwischen uns und dem Hotel – eine dunkle Gestalt auf einer Lichtung stehen.

»Guckt mal«, sagte ich. »Dieser Fleck da ist der Mann.«

Louis kniff die Augen zusammen. »Ich seh nichts.«

Vater holte das Vergrößerungsglas aus meiner Briefmarkensammlung und hielt es über den Fleck.

»Es ist nur Schmutz«, sagte er. »Es ist Rauch.«

»Es ist kein Schmutzfleck«, sagte ich. »Da ist ein Licht, ein Mann.«

»Ich seh nichts«, wiederholte Louis.

»Er steht im Wald«, sagte ich.

»Bei dieser Kälte? Warum denn bloß?«

»Vielleicht wartet er auf uns«, sagte ich.

»Wie schwarz diese Bäume aussehen«, stellte Mutter fest.

»Es sind Tannen.« Vater sah immer noch durch

das Vergrößerungsglas. »Die große wäre genau richtig als Weihnachtsbaum.«

»Dann holen wir sie uns doch«, sagte Louis.

»Und dabei können wir gleich nach dem Mann sehen«, ergänzte ich.

Mit Hilfe der Karte erreichten wir den Wald, der sich an den Salzwiesen hinzog, aber da hörte die Fahrstraße auf, und wir mussten ein Stück über einen schmalen Weg stapfen. Wir gingen vorsichtig, sahen mal hierhin und dahin, denn jeden Moment konnte der Mann mit seinem windschiefen Hut und seinem schwarzen Cape hinter einem Baum hervorkommen. Die Tannen waren wie hohe, weiß verhüllte Gestalten, die uns unter vorstehenden Kapuzen düster beobachteten, und ein Baum schüttelte so heftig den Schnee von seinen Gliedern, dass Louis ein warnendes »Dad!« entfuhr. Eine Weile waren wir wie verloren, aber bald kamen wir zu der Lichtung, und ich sah – wie auf der Karte – die Tanne, die wir uns ausgesucht hatten. Es wurde Nacht, und um uns herum lag der Schnee tief, aber die Luft war warm, und die Lichtung war wie eine stille, abgelegene Kapelle.

Vater hackte die untersten Zweige der Tanne ab, dann schwang er die Axt.

»Und wo ist jetzt der Mann?«, fragte Louis.

»Ich hab zu tun«, sagte Vater. »Schaut ihr euch mal um.«

Mutter und Louis machten sich auf die Suche nach dem Mann, während ich auf der Lichtung blieb, die Karte in der Hand. Ich suchte den Mann nicht in dem verschneiten und dunkelnden Wald, ich suchte ihn auf der Weihnachtskarte, wo ich ihn zuerst gesichtet hatte. Aber der Fleck war verschwunden, und die Karte hatte sich getrübt.

Dann kam Mutter mit Louis zurück. »Wir haben ihn nicht gefunden«, sagte sie.

»Ich weiß«, sagte ich.

»Du hast ja nicht mal nach ihm gesucht«, sagte Louis.

»Doch. Hier.« Und ich zeigte ihm die Karte.

Vater kam jetzt heran, er zog den Baum hinter sich her. »Beeilt euch. Bald ist es so dunkel, dass man die Hand vor Augen nicht mehr sieht.«

Vor dem Schlafengehen hängte ich die Karte wieder an den Kamin. Mir schien, dass das Bild noch dunkler geworden und nicht mehr so klar war, aber das Licht im Wohnzimmer war nicht gut, sodass ich nicht viel erkennen konnte. Vater stand hinter mir, ich tat ihm wohl leid. Der Mann hätte auf der Lichtung gewartet, hatte ich gesagt, aber wir hatten niemanden gesehen.

Ich drehte mich zu Vater um. »Ich hab ihn aber gesehen.«

»Vielleicht war es eine optische Täuschung.«

»Der Baum war keine optische Täuschung.«

»Auf der Karte ist alles so klein, manchmal sieht man einfach etwas, was man sehen will.«

»Das ist nicht wahr«, sagte ich.

»Warum nicht?«, fragte Vater freundlich, denn er merkte, dass ich böse und enttäuscht war.

»Ich will ein Feuer im Kamin sehen, und ich sehe keins.« Ich drehte der leeren kalten Öffnung den Rücken und ging nach oben.

Es gibt eine Art der Stille, die einen stärker wach hält als Lärm. Die Stille hier im Haus erinnerte mich an die Weihnachtskarte. Vater glaubte mir nicht, und das schien mir bedenklich. Ich sagte mir, die Karte könnte womöglich verschwinden, wenn man nicht an sie glaubte. Als ich es nicht mehr aushielt, stand ich auf, und um die Eltern nicht zu wecken, machte ich kein Licht, sondern nahm nur eine Kerze mit.

In meinem Schlafzimmer war es still gewesen, aber im Haus hörte ich die Wetterfahne quietschen und das Geraschel von Möwen auf dem Dach und die schwankenden Bäume, die mit knöchernem Laut ihre Äste aneinanderschlugen.

Am Kamin traf eisige Luft meine Knie. Ich hielt die Kerze an die Weihnachtskarte, aber in dem fla-ckernden Licht konnte ich nichts erkennen. Zit-ternd versuchte ich es noch einmal. Die Karte war schwarz wie die Nacht, da war kein Bild, nur ein enttäuschendes Lichtpünktchen inmitten der Dunkelheit, das immer kleiner wurde und schließlich verschwand.

Ich suchte und suchte, mir kamen fast die Tränen, so grausam war die Enttäuschung. Die Art, wie das Pünktchen verschwunden war, hatte etwas Unheilvolles, und ich war sehr traurig, als ich mich wieder hinlegte, als wäre ein kostbares Licht zu trostloser Asche geworden.

Was wäre, wenn du dir wünschen könntest, was du wolltest? Die Karte, dachte ich ... und dann war ich eingeschlafen.

5

In meinen Träumen flog eine Schar riesiger Krähen von dem verkohlten Geäst kahler Bäume auf und sammelte sich auf einem verschneiten Feld. Ich wachte mit einem Ruck auf und sah, dass es Morgen war, aber ich blieb im Bett. Ich mochte die verdunkelte Weihnachtskarte nicht sehen oder an das erinnert werden, was wir verloren hatten. Ich ertrug den Gedanken nicht, dass wir kein Bild von Indian Willows mehr hatten, der kleinen Welt, die wir bewohnten. Die Karte hatte uns das Haus und die Straßen dahinter gezeigt. Der Mann hatte die Karte verzaubert, sie war sein Geschenk an uns. Wir hätten sie ehren müssen, damit sie ihre Bedeutung nicht verlor. Aber wir hatten nur an unseren Weihnachtsbaum gedacht, und deshalb hatten Krähen des Zweifels die Karte geschwärzt.

»Faulpelz«, sagte Louis. »Steh auf!«

Ich zog mir die Decke über den Kopf. »Nein, ich steh nie mehr auf.« Mein nächtliches Erlebnis – die Kerze, die ich an die schwarze Karte gehalten hatte, die Schwärze, die ich in der Flamme hatte schimmern sehen –, es war wie ein Albtraum, den ich vergessen wollte. Ich hatte Magie erlebt, denn kaum hatte ich vermutet, dass es sich um Magie handelte, und versucht, hinter den Trick zu kommen, war der Zauber verschwunden – wie der Mann.

»Weißt du nicht, was heute ist?«, fragte Louis.

»Mir doch egal«, sagte ich und dachte: Armer Louis, er weiß noch nicht, was mit der Weihnachtskarte passiert ist. Noch ist er ganz aufgeregt, aber bald wird er herausfinden, dass sie verschwunden ist, als hätten die Flügel großer schwarzer Vögel sie gestreift.

»Heiligabend, du Dummer«, sagte er. »Morgen ist Weihnachten.«

Ich hätte ihm gern gesagt, was geschehen war, aber was immer ich sagte, würde ihn enttäuschen, denn ich verstand es ja selbst kaum.

»Wir schmücken gleich den Baum«, sagte er. »Bitte steh auf, ohne dich macht es keinen Spaß.«

»Ich mag den Baum nicht schmücken, Weihnachten ist mir egal. Und jetzt lass mich in Ruhe.«

Mein Kopf steckte immer noch unter der Decke. Ich hörte undeutlich, wie Louis sich anzog und im Zimmer herumtrampelte. Dann ging er türenschlagend hinaus und stapfte hoch ins Wohnzimmer. In diesem verrückten Haus hörte ich jeden Laut – wie er an der Wohnzimmertür stehen blieb und am Fenster zögerte und wie er mit seltsam knarrenden Schritten zum Kamin hinüberging. Jetzt kam er noch ein Stück näher. Es knirschte und klapperte, als er den Schürhaken und die Schaufel herunterwarf, um sich die Weihnachtskarte genauer anzusehen. Einen langen Augenblick blieb es still, dann ein doppelter Aufschrei: »Daddy! Mommy!«

Während er durchs Zimmer lief und an die Stühle stieß, wühlte ich mich tiefer in die Bettdecke. Louis stolperte wieder nach unten, stürmte ins Schlafzimmer und rief meinen Namen.

Ich hielt den Atem an. Ich wollte nicht antworten, ich wusste, was er gesehen hatte.

»Marcel! Aufstehen!« Er warf sich auf mich und zerrte an der Bettdecke. »Die Weihnachtskarte«, schrie er mir entgegen. »Rate mal, was ich gesehen habe.«

Ich grub mich aus den Decken. »Ich weiß, was du gesehen hast, mir brauchst du es nicht zu sagen.«

»Es ist Magie«, sagte er.

»Ja. Aber schwarze Magie. Was haben wir davon?«

»Keine Ahnung.« Er kaute auf seinem Zeigefinger herum.

»Jetzt weißt du es also auch«, sagte ich. »Aber ich verstehe nicht, wieso die Karte schwarz geworden ist.«

»Was redest du da? Die Karte ist nicht schwarz, sie ist wie gestern. Du hast sie doch gesehen.«

»Ja, gestern Abend.«

»Und ich hab sie gerade eben gesehen. Und weißt du was? Der Fleck war so klein, dass ich ihn nie für den Mann gehalten hätte. Aber jetzt ist er größer und deutlicher, und ich glaube …«

Ich sprang aus dem Bett, zog mich hastig an, und noch ehe Louis mit seinem Satz fertig war, sauste ich nach oben ins Wohnzimmer. Die Karte steckte an der gleichen Stelle wie in der Nacht, als ich sie mit der Kerze in der Hand angeschaut hatte, aber heute war sie so hell wie noch nie, besonnt wie der Tag vor unserem Fenster. Louis hatte recht – auch mit dem, was er über die Gestalt des Mannes gesagt hatte. Er war nicht auf der Lichtung, wo wir den Baum geschlagen hatten, sondern auf einem Seitenpfad. Ich erkannte den windschiefen Hut und den Umhang und sah, dass er etwas trug.

»Was hab ich dir gesagt?«, krähte Louis. »Sie ist überhaupt nicht schwarz.«

»Aber ... gestern Nacht ...«

Und dann wurde mir alles klar. Wenn das Bild lebendig war, ein genaues Abbild unserer Welt, reflektierte es Wolken und Sonne, und wenn es draußen dunkelte, wurde auch das Bild dunkel. Ich hatte die Karte um Mitternacht betrachtet und deshalb nur Schwärze gesehen. Aber mit der heraufziehenden Dämmerung war das Bild immer heller geworden, und jetzt strahlte es wie der Morgen.

Louis kaute nachdenklich an seinem Finger, als ich es ihm erklärte.

Dann sagte er: »Es ist eine verzauberte Weihnachtskarte. Sie zeigt Tag und Nacht, es ist kein normales Bild.«

»Aber sie macht mir Angst«, sagte ich. »Da ist das Hotel, in dem er wohnt. Und da ist die Lichtung, auf der er gestern war. Und schau mal, wo er jetzt ist.«

»Auf dem schmalen Weg«, sagte Louis. »Was stört dich daran?«

»Siehst du nicht, dass er in unsere Richtung geht? Er kommt auf uns zu.«

All das spielte sich früh am Morgen ab, ehe unsere Eltern aufgestanden waren. Beim Frühstück erzählten wir ihnen, dass wir auf der Weihnachtskarte den Mann gesehen hatten und dass er sich bewegt hatte. Dass die Karte schwarz gewesen war, erzählte ich nicht, womöglich wären sie böse geworden, wenn sie erfahren hätten, dass ich nachts aufgestanden und mit einer Kerze zu dem Bild gegangen war.

»Kann sein, dass du recht hast«, sagte Vater. »Aber denk an das, was ich dir über Magie erzählt habe. Sie spielt sich hauptsächlich im Kopf ab, man sieht, was man sehen will.«

»Wir bilden es uns nicht ein«, sagte ich.

»Nein, ich hab's auch gesehen«, bestätigte Louis.

»Hol die Karte«, verlangte Vater.

Ich ging zum Kamin, nahm die Karte ab und brachte sie ihm.

»Da ist der Mann«, sagte ich und deutete auf die Straße.

Vater lachte vor sich hin. »Ich sehe nichts.«

Er hatte recht, der Mann war nicht da.

»Was hab ich dir gesagt …«

»Es wird ein Baumstumpf gewesen sein«, sagte Mutter. »Oder ein Zaunpfosten.«

»Oder der Schatten eines Zweigs oder ein Felsbrocken.« Vater zwinkerte mir zu. »Oder du hattest was im Auge.«

»Ich hatte nichts im Auge«, sagte Louis und sah Vater böse an.

Ich konnte nicht fassen, dass der Mann verschwunden war. Aber er war nicht auf der Straße und auch nicht auf dem schmalen Weg, an dem eine Hütte stand. Dann sah ich ihn kommen, er war immer deutlicher zu erkennen. In der rechten Hand hatte er einen kurzen Stock. Ich hatte ihn übersehen, weil die Sonne lebendige Schatten auf den Schnee zeichnete.

»Da ist er«, sagte ich. »Denkst du immer noch, dass ich ihn mir einbilde?«

Vater besah sich kopfschüttelnd die Karte. »Er ist nicht da.«

»An der Hütte.« Bittend wandte ich mich an Mutter. »Vor einer Stunde war er dort auf der Straße. Louis hat ihn auch gesehen. Er kommt immer näher.«

Vater schmunzelte. »Vielleicht liegt's an meinen Augen. Zeig mir mal genau, wo er ist.«

Ich richtete das Vergrößerungsglas auf die Stelle, wo ich ihn gesehen hatte. »Neben der Hütte«, sagte ich. Aber als ich hinsah, war der Mann weg.

»Du hast dich geirrt«, sagte Vater.

»Vor ein paar Sekunden war er noch da«, sagte ich. »Deshalb ist ganz klar, wo er jetzt ist.«

»Nämlich?«, fragte Vater.

Ich tippte auf die Karte. »In der Hütte.«

6

Erst am späten Nachmittag konnten wir uns auf die Suche nach dem Mann machen. Vorher hieß es putzen, Schnee schaufeln, und natürlich musste der

Baum geschmückt werden, mit Lichterketten und Kerzen. Es war ein hübscher Baum, aber auch als die Lichter brannten, blieb das Zimmer frostig. Es musste an dem kalten Kamin mit seiner klaffenden Öffnung liegen, dass das Wohnzimmer so düster wirkte.

Zu der Hütte führte keine Straße. Wir stapften durch den Wald und hatten Mühe, uns zurechtzufinden. Es war schon so dunkel, dass man keine Schuhabdrücke mehr erkennen konnte. In dem leuchtenden Schnee wirkte der Wald gespenstisch, als ob die Stämme einen Fuß über dem Boden schwebten.

Wir stapften im Gänsemarsch vorwärts, Vater immer voran. Ich war der Letzte und hielt die Weihnachtskarte fest in meinem Fausthandschuh.

Wir waren nicht weit von unserem Haus entfernt. Nur der Wald und die Salzwiese trennten uns von der Hütte, aber weil es keinen direkten Weg gab, schien es weit zu sein. Und wir gingen langsam, denn der wimmernde Wind in den Bäumen um uns herum hörte sich an, als wollte er uns in der tiefer werdenden Dunkelheit vor Gefahren warnen.

»Ich mag es nicht, wenn es so kreischt«, sagte Louis.

»Das ist nur der Wind«, beruhigte ihn Mutter.

Im Wald klingt der Wind freundlicher als in der

Stadt. Da ist er ein durchdringendes Heulen, das über die Straße jagt, Fässer umkippt und an Straßenschildern zerrt. Hier wehte er sanft durch die kahlen Äste und schien zu trauern.

Dann sah ich die Äste erstarren gleich den Krähenflügeln aus meinem Albtraum. Wir kamen immer tiefer in den Wald hinein. Hier schwankten die Äste, und die dünnen Zweige bewegten sich graziös wie Tänzerinnenhände. Aber die Stimme des Windes jagte mir Schauer über den Rücken – eine langgezogene Klage, in der sich die herunterhängenden Zweige hoben und uns mit knöchernen Fingern in die Dunkelheit wiesen.

»Ich sehe keine Hütte«, sagte Vater. »Wahrscheinlich gibt es gar keine.«

»Doch, hier ist sie.« Ich hielt die Weihnachtskarte hoch, aber die verdunkelte sich schon, weil das Licht schwand. Inzwischen hätte ich nicht mehr sagen können, ob wir auf dem richtigen Weg waren oder ob wenigstens die Richtung stimmte.

»Um diese Zeit sollten wir nicht hier draußen sein«, sagte Mutter. »Am Heiligen Abend müssten wir zu Hause vor dem Feuer sitzen.«

»Wir haben kein Feuer«, sagte ich.

»Ich will nach Hause«, jammerte Louis. Er stolperte hinter Vater her und wirbelte den Schnee auf. In seinem Schneeanzug, mit Fausthandschuhen,

Kapuze und Stiefeln sah er aus wie ein Bärenjunges, das sich verlaufen hat.

Ein heftiger Windstoß jagte durch die Bäume. Der klagende Laut ließ uns innehalten, und Vater musste seinen letzten Satz wiederholen. »Das sind Weiden«, sagte er. »Schaut, wie sie sich biegen und wiegen.«

Jeder Baum hatte eine andere Stimme, und zusammen klangen sie wie ein Chor.

»Ihnen verdankt der Ort wohl seinen Namen – Indian Willows«, sagte Mutter. Wir waren umzingelt von den ausgreifenden Weidenzweigen. Allein hätte ich mich sehr gefürchtet. Ich wollte etwas sagen und drehte mich um. Was ich sah, verschlug mir den Atem – eine Gestalt, tief im Wald, hinter den Weiden, die sich von der Schneefläche abhob. Aber auch ohne Schnee hätte ich ihn erkannt, denn er hatte eine brennende Fackel in der Hand – keine gewöhnliche Fackel, sondern eine Fontäne aus flüssigem Gold, die in dem fernen Waldstück loderte und ihr Licht auf den Mann warf, der sie hielt. Er bewegte sich rasch und zielstrebig auf die Salzwiese zu, sodass die Fackel jetzt wie ein Komet wirkte, der einen Flammenschweif hinter sich herzieht. Ich hatte nie etwas Ähnliches gesehen, und einen Augenblick lang hielt ich es für eine Einbildung. Dann sah ich nur noch das Licht und nicht mehr den Mann und fragte mich, ob da wirklich ein Mensch gewesen war. Das Licht leuchtete so kurz auf wie eine Sternschnuppe. Mir stockte der Atem. »Schaut mal«, sagte ich.

»Was ist?«, fragte Mutter.

»Da, im Wald.« Wieder meinte ich das Licht zu sehen, an der Stelle, an der die Marschen anfingen, nur ein winziges Flämmchen, das durch die Bäume schimmerte. Ich versuchte ihm mit meinem Blick zu folgen, verlor es aber im Schimmer des Sonnenuntergangs, der den blassen Himmel mit hellen Streifen überzog.

Die anderen starrten mich an, als hätte ich vorübergehend den Verstand verloren. Es war zu spät, ihnen zu erzählen, was ich gesehen hatte. In dem kalten Wind hatte ich gefroren, aber beim Anblick dieses kleinen, flammenden Kometen im Wald wurde mir warm. Kälte und Angst wichen. Und ich musste an den Alten im Hotel denken und wie er uns mit seiner Fackel die Bilder erklärt hatte.

»Kommt weiter«, sagte Vater schließlich. »Aber wenn wir die Hütte nicht bald finden, müssen wir umkehren. Hier möchte ich mich auf keinen Fall verlaufen.«

Ich hätte ihm gern gesagt, dass wir uns unmöglich verlaufen konnten, solange wir die Weihnachtskarte hatten.

»Wer will schon so eine blöde Hütte sehen«, sagte Louis. »Wahrscheinlich sind Geister drin.«

»Keine Angst.« Ich war ganz ruhig – nicht, weil ich nicht an Geister glaubte, sondern, weil mir war, als hätte ich gerade einen im Wald wabern sehen, und er hatte mich nicht erschreckt.

»Der Weg wird breiter«, verkündete Vater.

Auch die Weiden waren hier größer. Sie hatten dicke, knorrige Stämme, und ihre überhängenden Äste waren wie große Zelte, die man am Rand dieses Hohlwegs aus Schnee aufgeschlagen hatte.

»Ist es die?«, fragte Vater.

Vor uns stand eine verwitterte Hütte, auch sie von Weiden umgeben, wie sie Hexen im Märchen bewohnen, einsam gelegen, hinter einem verfallenen Zaun, mit einer schmalen Haustür und kleinen, windschiefen Fenstern. Unter dem kalten, grauen Himmel, mit seinen rauchfarbenen, von Blitzen durchzuckten Wolken, wirkte sie geheimnisvoll, ja verwunschen. Sie war bemoost wie ein Baumstumpf und wirkte trotz der bitteren Kälte irgendwie glitschig nass, als würde man, wenn man innen ein Dielenbrett hob, eine zusammengekauerte Krötenfamilie finden, die einen mit glitzernden Augen anglotzte. Ein vergessener Lattenverschlag aus morschem Holz und rostigen Nägeln war diese Hütte, mit einem Dach aus Teerpappe. Ich wusste sofort, dass ich da nicht hineinwollte. Ich musste an Wölfe denken.

»Das Haus gefällt mir nicht«, sagte Louis.

»Sieht komisch aus«, meinte Vater. »Schauen wir es uns mal näher an.«

Erst spähten wir durch die Fenster, aber die zerschlissenen Vorhänge gaben nichts preis. Wir gingen um das Haus herum zur Hintertür, aber die war abgeschlossen. Ob aus dem Schornstein Rauch stieg, konnten wir nicht erkennen, es war zu dunkel. Also stapften wir im Schnee herum und konnten uns nicht aufraffen zu klopfen.

»Ob überhaupt jemand zu Hause ist?«, fragte Mutter.

Vater hatte schon die Hand gehoben, um zu klopfen.

»Was sagst du, wenn sie aufmachen?«, fragte ich.

»Dann wünschen wir ihnen fröhliche Weihnachten. Schließlich sind es unsere Nachbarn.«

»Ich denke, wir haben keine Nachbarn«, sagte ich.

»Vielleicht habe ich mich geirrt.« Vater klopfte dreimal kräftig, und drei Schläge hallten im Haus wider.

Ich hielt den Atem an und wartete. Nichts rührte sich.

»Merkwürdig«, sagte Vater.

Louis fing an zu quengeln: »Ich will nach Hause.«

»Nicht so eilig.« Vater drehte den Türknauf. Ein Klicken, und die Tür war auf. Jetzt drängte die Dunkelheit von draußen in die baufällige Bude.

»Was jetzt?«, fragte Mutter.

Vater zuckte die Schultern und trat ein, und wir folgten – in sicherem Abstand, wie wir hofften. Das Haus war dunkel, aber nicht leer, denn wir stießen an Stühle und Tische, und Vaters Knurren verriet mir, dass er sich den Kopf an der niedrigen Decke gestoßen hatte.

Wir tasteten uns durch das erste Zimmer, dann hörte ich rostige Scharniere quietschen – Vater hatte einen zweiten Raum gefunden.

»Kommt weiter«, sagte er. Seine Stimme klang leiser als zuvor. Wir hasteten hinter ihm her, und in der Dunkelheit griff Louis nach meiner Hand. Ich dachte, ein eisiges Gespenst hätte sich meinen Handschuh geschnappt und schrie auf.

»Ich bin's nur«, sagte Louis und hielt mich fest.

In dem zweiten Raum war es womöglich noch dunkler, es roch nach vermodertem Holz und Termiten und kalter Asche. Es war, als buddelten wir uns in einer unterirdischen Höhle immer tiefer, aber der größte Schock kam, als wir, nachdem wir ein paar Minuten herumgetastet hatten, die Haustür zuschlagen hörten. Wie das Tor zur Verdammnis, hinter dem uns der Tod erwartete. Ich rang nach Atem.

Louis schniefte leise, dann fing er an zu schluchzen.

»Louis weint«, sagte ich. »Wir sollten gehen.«

»Die Kinder ...«, fing Mutter an, aber weiter kam sie nicht. Wir hörten polternde Stimmen, ein leises Geräusch wie das sanfte Stöhnen der Weiden, dann etwas wie eine geflüsterte Unterhaltung von zwei oder drei Menschen, die gleichzeitig sprachen. Bei Licht wären diese Geräusche erträglich gewesen, aber in dieser dunklen Hütte, die innen viel größer war, als wir erwartet hatten, wirkten sie sehr beängstigend. Sie klangen wie Gebete, wie das Gemurmel von Knienden, die entweder sehr alt oder sehr jung waren – keine traurigen, sondern lebhafte, freudige Stimmen, die immer wieder die gleichen einfachen Wendungen wiederholten. Darunter mischten sich Laute wie kindliches Summen oder Wind in winterlichem Gezweig. Dazwischen Gelächter, undeutlich und monoton. Es waren menschliche Laute, aber auch Klänge wie rauschendes Wasser oder peitschender Wind oder dichter Schneefall.

»Hier ist noch eine Tür.« Vaters Stimme klang fern und nicht sehr vielversprechend. »Noch ein Zimmer.«

Ich wollte das Zimmer nicht sehen und merkte, dass es Louis, der meine Hand umklammert hielt, genauso ging.

»Hast du Angst?«, flüsterte er.

»Ja, aber ...«

Vater machte die Tür auf. Wir standen weit von

ihm entfernt, aber wir sahen einen Lichtstreifen, und dann traf uns eine heiße Welle, als hätte er eine Ofenklappe geöffnet. Ich fuhr zusammen, Louis wich zurück und brachte mich dabei aus dem Gleichgewicht. Aber da betrat Vater schon den hell erleuchteten Raum. »Na also«, sagte er, und das klang so erfreut, dass wir ihm folgten.

Das Zimmer war langgestreckt und hell, auf Borden und Möbeln funkelten kleine Messinggefäße. An einer Wand war ein großer, gemauerter Kamin, in dem ein prasselndes Feuer Licht und Wärme verbreitete. Und es sprach, dieses Feuer – es schwatzte, es knisterte, hieß uns vielstimmig willkommen und winkte uns, näher zu treten. Das also waren die Stimmen, die wir gehört hatten, und das kindliche Summen tönte lieblich aus der Esse. Das Feuer war lebendig und so voller Trost wie das in dem seltsamen Hotel.

»Wie schön«, sagte Mutter.

»Aber wo sind die Leute?«, fragte Louis.

»Vielleicht sind sie gerade gegangen«, sagte ich. Zwei Stühle standen vor dem Feuer. Die Kissen sahen aus, als hätte jemand darauf gesessen, es gab noch ein drittes, kleineres, und eine leichte Unordnung im Zimmer deutete darauf hin, dass die Bewohner womöglich jeden Augenblick wiederkommen könnten.

Ich bedauerte, dass wir kein eigenes Feuer hatten,

dass unser Rauchfang blakte und wir deshalb nie so ein Feuer haben würden. Aber dazu kam noch etwas, was ich nicht ausdrücken konnte, bis Louis sagte:

»Es ist wie eine Kirche.«

Genau so war es, denn die Stühle standen vor einem Altar lebendiger Flammen, die sich wie ein Gebet in Richtung Schornstein erhoben, und das Zimmer wurde zur Feuerstelle hin schmaler wie der Raum einer Kapelle, sodass wir uns allein durch die Wärme, die uns umfing, vorkamen wie Kirchgänger und sehr glücklich waren. Das machte die Erleichterung, dass wir nicht zu Schaden gekommen waren, und der Anblick der funkensprühenden Scheite. Wem gehörte das Haus? Wem das Zimmer? Wem das Feuer? Wir wussten es nicht, kamen uns aber nicht vor wie unrechtmäßige Eindringlinge. Und vor allem: Wir wollten nicht wieder hinaus in die kalte Nacht, zurück zu unserem Haus. Wir waren so gefesselt von dem Feuer, so getröstet durch den warmen Raum, dass wir uns erst nach langer Zeit darauf besannen, warum wir gekommen waren.

»Ob er wohl hier ist?«, sagte Vater.

»Wer?«, fragte Mutter.

»Der Mann.«

Unwillkürlich sah ich auf die Weihnachtskarte. Sie war, wie ich mir schon gedacht hatte, so schwarz wie die Nacht, die draußen angebrochen war. Ich sah genauer hin.

»Er ist wohl weg«, meinte Vater.

Auf der Karte war kein Mann, aber jetzt sah ich im Vordergrund ein Licht funkeln, nicht größer als ein Streichholzkopf. Meine Fausthandschuhe waren mit Sicherheitsnadeln an meinem Mantelärmel festgesteckt. Ich nahm eine heraus und stach in die Karte ein kleines Loch an der Stelle, wo ich das Lichtchen gesehen hatte.

»Ich sag's nicht gern«, meinte Vater, »aber wir müssen gehen. Was ist, wenn die Leute wiederkommen?« Im Feuerschein glänzte sein Gesicht, und sein Schatten tanzte an der Wand.

Nur mit Mühe konnten wir uns losreißen. Ich hatte noch nie etwas so Seltsames gesehen – ein prasselndes Feuer in einem leeren Haus. Es war unsagbar schön.

7

Trotz Heiligabend war es ein bedrücktes, schweigsames Abendessen. Wir hatten nur ungern die warme Hütte verlassen, um in unser leeres Haus zurückzukehren, in dem der Kamin mit den nur zur Dekoration gestapelten trockenen Holzscheiten uns anstarrte. Als wir mit dem Essen fertig waren, bat ich Vater, noch einen letzten Versuch mit dem Feuer zu machen.

»Meinetwegen«, sagte er.

Den dicksten Kloben im Kamin hatte Vater den Julklotz getauft. Er nahm alles, was er hatte, um ihn anzuzünden. Er verbrannte jede Menge Papier und alle Zweige, die wir gesammelt hatten. Er verbrannte einen ganzen Turm von Streichhölzern, eine Handvoll Holzspäne und eine Tasse Kerosin. Er fachte die schwächelnden Flammen mit seinem Hausschuh an und pustete, bis er knallrot im Gesicht war, dann zerriss er seine Lieblingszeitschrift, gab sie dazu und sah dem dünnen Rauch zu, der aus der gähnenden Öffnung vor uns sickerte. Mit einem Seufzer erlosch der letzte Funken, und wir sahen nur noch die kalte Asche. Jetzt gab Vater sich geschlagen. »Es hat keinen Zweck«, sagte er deprimiert.

Ich wollte eigentlich die Weihnachtskarte an ihren angestammten Platz über dem Kamin hängen, aber als ich sie aus der Tasche nahm, fiel mir das Loch ein, das ich mit der Nadel hineingestochen hatte. Es war an Ort und Stelle, aber das Lichtchen hatte sich bewegt. Weil die Karte schwarz war, konnte ich nicht erkennen, wohin es wanderte.

»Vielleicht ist es gar kein Licht«, sagte Louis, als ich es ihm zeigte. »Vielleicht ist es ein Krümel, der da kleben geblieben ist. Oder ein Klecks von dem

Eis, das du zum Nachtisch hattest. Vielleicht ist es nur Dreck.«

»Nein«, sagte ich. »Es ist das Licht, das ich vorhin gesehen habe.«

»Warum ist es nicht an der gleichen Stelle?«

»Es bewegt sich. Wie gestern der Fleck.«

»Du und dein Fleck. Er ist auf der Karte, aber im Wald war er nicht, und in der Hütte haben wir ihn auch nicht gesehen.«

»Dafür haben wir etwas viel Seltsameres gesehen.«

»Zähneputzen und ab ins Bett«, sagte Vater. »Und denkt dran – morgen ist Weihnachten.«

Ich machte mit meiner Sicherheitsnadel ein neues Loch an der Stelle, wo das Licht war, dann hängte ich die Karte über den Kamin. Das Bad war abgeschlossen. »Ich bin gleich fertig«, sagte Louis, aber erst zehn Minuten später machte er auf, und noch mal fünf vergingen, bis ich meinen Schlafanzug anhatte.

Mutter und Vater erwarteten uns im Wohnzimmer. Sie küssten uns und schickten uns zu Bett. Auf dem Weg dorthin warf ich verstohlen einen Blick auf die Weihnachtskarte.

Ich pikste noch ein Loch hinein und hatte nun den Beweis dafür, dass das Licht sich in gerader Linie bewegte. Aber wohin? Ein Jammer, dass die Karte schwarz war.

Dabei wusste ich insgeheim: Dieser Ministern war auf dem Weg zu unserem Haus. Dass er etwas Böses im Schilde führte, mochte ich nicht glauben, dennoch erfasste mich bei der Vorstellung, dass er sich durch die Dunkelheit auf uns zubewegte, kalte Angst. Er kam immer näher, und trotz seines hellen Scheins wurde ich den Gedanken nicht los, dass dieses unbekannte Licht uns womöglich schaden konnte. In unserem Haus, in den verschneiten nächtlichen Wäldern saßen wir in der Falle. Im Guten wie im Bösen – das Licht würde uns finden.

Im Schlafzimmer sagte Louis: »Es fühlt sich nicht an wie Heiligabend.«

»Warum nicht?«

»Es fühlt sich nicht an wie zu Hause.«

Ich horchte auf seinen Atem in der Dunkelheit. Er gähnte. »In der Hütte hat es mir gefallen.«

»Ich glaube, sie war verzaubert«, sagte ich.

»Trotzdem – ich wär zu Weihnachten lieber dort. Es war so schön warm.«

Das fand ich auch, aber ehe ich etwas dazu sagen konnte, war er schon eingeschlafen und schnarchte.

Ich konnte nicht schlafen. Oben hörte ich unsere Eltern herumgehen. Sie legten unsere Geschenke zurecht, wie jedes Jahr. Dann kam das allabendliche Ritual des Türenschließens und Lichtlöschens. Noch fehlte etwas. Riegel knirschten, Schlösser klickten – wir waren in Sicherheit.

Dann schlief ich ein und träumte von der Hütte. Ich sah eine Familie, die der unseren ähnlich war, aber die Leute hatten ein kleines Kind in einem Körbchen dabei. Wir drückten uns im Zimmer herum und hofften, man würde uns nicht entdecken. Ich träumte, ich sei in einem dunklen Wald allein, um mich herum die Geisterlichter von näher kommenden Menschen, die ich nicht sehen konnte und die mich umkreisen wie Tigeraugen. Feuer loderte in meinem Traum – wie die Fontäne aus goldenen Flammen, die ich im Wald gesehen hatte. Aber als ich mich mühsam hinschleppte, trieb sie fort und verbreitete sich wie heiße Lava, die den Schnee schmolz. Das flüssige Feuer brannte tiefe Löcher in die Erde. Ich versuchte wegzulaufen, weil ich fürchtete, in eine dieser rauchenden Gruben zu fallen, die mich umgaben – nirgendwo ein Weg, ein Entkommen. Ich verfiel in Panik und begann zu schreien.

Ich hörte einen Windstoß, das Klatschen von losem Stoff, ähnlich einem seidenen Fahnentuch, das an einen Mast schlägt. Ich erschrak. Das war kein Traum. Das Haus bebte wie mein Herz. Ich sah keinen Regen, hörte keinen Donner, aber da waren Blitze wie an einem Sommerhimmel, elektrische Funkenfetzen, die am Fenster zerbarsten. Das Klatschen wurde lauter, mir war, als könnte dieses Geräusch, das sich jetzt wie dahinjagende

Vogelschwingen oder lodernde Flammen in starkem Wind anhörte, das Haus zum Einsturz bringen.

Meine Neugier besiegte die Angst. Ich stieg aus dem Bett und tastete mich, von den Blitzen geführt, durchs Zimmer. Alle Fenster waren hell, und die blauen Blitze waren so grell, als hätte man das Haus hoch in den Himmel und geradewegs in eine Gewitterwolke geschleudert.

Sonst war kein Laut zu hören. Louis schlief. Die Tür zum Elternschlafzimmer war fest geschlossen.

Langsam stieg ich die Treppe zum Wohnzimmer hoch. Als ich oben angekommen war, hörte es auf zu blitzen, vorher aber sah ich noch kurz eine hochgewachsene Gestalt, einen Mann mit Umhang, vor dem Kamin stehen. Einen Augenblick verlor ich ihn in der Dunkelheit. Ich klammerte mich ans Geländer und wollte umkehren, aber dann war meine Neugier doch zu groß – ich ging hoch. Die Dunkelheit schreckte mich nicht mehr, ebenso wenig wie dieser Mann. Er war mir vertraut, ich hatte ihn erwartet.

All das spielte sich innerhalb von Sekunden ab. Was ich in meinem Zimmer gehört hatte, war das Rauschen seines Gewands oder Capes gewesen. Ich sah ihn nur undeutlich, aber ich hörte, als er sich in der Dunkelheit umwandte, das Streifen und Rascheln des schweren Stoffs. Jetzt holte er eine brennende Fackel aus den Falten seines Umhangs und reckte sie hoch.

Die Flammen machten ihn zum Riesen und färbten ihn mit Feuer wie einen Zauberer, und im hinteren Teil des Zimmers sah man nur noch die Glut seiner Fackel, das unruhige Wabern seiner Gestalt und seinen riesigen Schatten. Ich hatte an ihm bisher nur das Übermächtige, Beängstigende gesehen, doch das Feuer, das ihn zum Riesen machte, verlieh seinem Gesicht einen Glanz väterlicher Sanftmut. Wie das Feuer in seiner Hand konnte auch er zerstören, doch – und das machte seine Magie aus – zerstörte er das Dunkel und brachte das Licht.

Bisher war Weihnachten für mich lediglich ein Fest gewesen, das einen Tag später schon vorbei war, ein Fest mit Plastiksternen und Spielsachen und einem zahmen Kaminfeuer. In diesem Fackelträger sah ich ein anderes Weihnachten, nicht einen einzigen kümmerlichen Tag für Geschenke und Kirchgang und auch keinen Zaubertrick, sondern etwas Wildes und Unvergängliches, die Stärke eines verborgenen Gottes, der mir zeigte, dass er die Welt drehen konnte, während ich mich ans Geländer klammerte.

Er bewegte sich, und das Zimmer zitterte, die Wände wölbten sich und schienen sich zu weiten, um sein Feuer aufzunehmen. Das Licht der Fackel machte das Haus zum Palast, und im Thronsaal stand er in den gelbgoldenen Roben eines Tigerkönigs und winkte mir.

»Komm näher, Skipper«, sagte er. Ich erkannte die sanfte Stimme. »Hab keine Angst.«

Ich zögerte – nicht, weil ich mich fürchtete, sondern, weil ich mir so klein und unbedeutend vorkam. Was wollte er von mir? Ich trat in den strahlenden Lichtkreis, der sich auf dem Boden abzeichnete.

»Näher«, drängte er.

Ich war ihm jetzt so nah, dass ich die Hitze seiner Fackel spürte, aber sie blendete mich. Ich konnte weder sie noch ihn unmittelbar ansehen. Stattdessen blickte ich auf den Schatten an der Wand, der so groß war wie der Mann selbst.

Der Schatten verlagerte sich. Er griff in den Kamin, und jetzt sah ich, dass er die Weihnachtskarte in der Hand hielt.

»Die muss ich mitnehmen«, sagte er, und der Schatten der Karte bedeckte die ganze Wand. »Was möchtest du dafür haben?«

Ich schüttelte sprachlos den Kopf. Die Karte gehörte ihm, und er war gekommen, weil er sie zurückhaben wollte.

Mühsam brachte ich heraus: »Sie gehört Ihnen.«

»Nein. Du hast geglaubt und verstanden, deshalb gehört sie dir. Aber jetzt brauche ich sie.«

Ich hätte gern gefragt, wozu, und er sah mir die Frage an.

»Um den Rückweg zu finden«, sagte er.

Sein Schatten verweilte.

»Willst du mir helfen, den Weg zu finden?«

Ich muss ihn ziemlich erschrocken angesehen haben und wich einen Schritt zurück, aber jetzt kam er näher heran.

»Du hast dich nicht verirrt«, sagte er. »Du hast dem Licht vertraut, und deshalb wirst du dich nie mehr verirren.«

Er zeigte mir die Weihnachtskarte.

»Was willst du dafür haben?« Er breitete die Arme aus. »Du kannst dir wünschen, was du willst.«

Was ich will ... Mein Kopf war leer. Ihn hatte ich erwartet – aber nicht das hier. Doch mir schien, dass ich in diesem Augenblick alles hatte, was ich mir je wünschen konnte, als hätte allein seine Anwesenheit mich zu einem Königssohn gemacht. Juwelen, hatte Louis gesagt. Aber Juwelen waren nur Imitationen von Feuer.

»Sag, was du haben willst ...«

Mir wollte nichts Vernünftiges einfallen. Ich dachte an Weite und Wärme und Sicherheit und Glücklichsein. Ans Nicht-allein-Sein. Daran, ein Heim und eine Familie zu haben. An Liebe. Es gab nicht ein Ding, das all das umfassen konnte, nur ein vollkommenes Licht, etwas Unbeschreibliches, eine Flamme vermochte das. Ich konnte nichts sagen. Ich sah an dem Mann vorbei in die Öffnung des Kamins und begriff, dass es diese leere Höhle war, die ich am meisten fürchtete, ihren kalten Luftzug und toten Raum.

Der Mann schien zu wissen, was mich beschäftigte. Er senkte die Fackel.

»Nimm«, sagte er.

Die Fackel brannte hell und geräuschlos.

»Zünde das Feuer an«, sagte er.

Als ich hinlangte, spürte ich eine Kraft in meiner Hand, die meinen ganzen Körper erfasste. Und da erkannte ich die wahre Macht dieses Mannes, und mit der Fackel in der Hand begriff ich die innersten Geheimnisse der Welt, denn ihr Licht war Weisheit und Wahrheit. Und auch Schrecken, denn in ihrer Macht lag auch die Macht zu zerstören. Ihre Reinheit war eine Mischung aus Hitze und Licht, eine Dunkelheit, die verdrängt wurde, um Feuer zu entzünden, nicht die schlichte Flamme, die ich mir vorgestellt hatte, sondern etwas Wilderes, das – wenn es nicht beherrscht und begriffen wurde – todbringender war als Dunkelheit.

Die Stimme des Mannes dröhnte, als er mit seiner kraftvollen Hand zum Kamin deutete. »Dahin!«

Ich hielt die Fackel an die Scheite, und das Feuer ergriff sie und breitete sich aus. Er nahm mir die Fackel ab, aber ich sah es kaum, denn die Scheite loderten so hell, dass ich die Hand auf die Augen legte. Als ich taumelnd zurückwich und die Hand wegnahm, war der Mann fort, und ich sah nur noch die tanzenden Flammen.

Das Feuer sprach im Kamin, und im Zimmer verbreitete sich Wärme. Ich schlich mich nah heran und meinte in den Flammen das lächelnde Gesicht des Alten zu sehen. Ich fühlte mich sehr geborgen.

Über dem Meer begann die Morgendämmerung und brachte das Feuer auch vor unsere Fenster.

Louis kam nach oben, um nach seinen Geschenken zu sehen, vergaß sie aber schnell in seinem Staunen über das Feuer. Vater und Mutter traten zu uns an den Kamin, und ich sah, dass sie sich an den Händen hielten wie ein Liebespaar.

»Deine Weihnachtskarte«, sagte Vater plötzlich. »Wo ist sie?«

»Ich habe sie zurückgegeben und gegen das hier eingetauscht.«

Vater zwinkerte mir zu, als ob er mein Geheimnis kannte. Er glaubte wohl, ich hätte damit das Feuer entzündet – was ja irgendwie auch stimmte. Ich erzählte ihm, was ich gesehen hatte, erzählte von dem Besuch des Mannes, der gekommen war, um seine Karte zurückzuholen. Aber dass ich mir dafür hätte wünschen können, was ich wollte, und mich für das hier entschieden hatte – das erzählte ich nicht.

Wir machten das, was man zu Weihnachten so macht. Wir öffneten Geschenke und produzierten einen Haufen Papier und Schmuckbänder und kaputter Kartons. Wir aßen unseren Truthahn und dankten dafür, dass es uns so gut ging. Den ganzen Tag brannte das Feuer, weihevoll und freudebringend, und sang in der Esse wie die Stimme eines Engels.

8

War da noch was? Aber ja! Eine Woche später kamen wir an dem Hotel vorbei, erkannten es und hielten an. Es war geschlossen, aber jetzt, bei Tageslicht, sahen wir, was uns in jener Schneenacht entgangen war. Ganz in der Nähe stand ein Haus. Wir meldeten uns dort, eine gewisse Mrs. Pymore bat uns herein und spendierte uns Schokoladenkuchen. Wir fragten nach Osgood's und ob wir es besichtigen könnten. Es sei geschlossen, sagte sie. Wollten wir etwas Bestimmtes sehen?

»Pappy«, sagte ich.

»Den alten Mann«, erläuterte Vater.

Mrs. Pymore lächelte. »Na schön«, sagte sie und kramte in ihrer Schürze nach dem Schlüssel. Sie führte uns über die Straße zu dem Haus, und in der Halle blieb sie unter dem Elchkopf stehen. »Hier durch bitte.«

Das Wohnzimmer war genau so, wie wir es vor Weihnachten verlassen hatten, ebenso sauber und ordentlich, allerdings nicht so warm. Der Kamin war leer, die Sonne warf Schatten auf die Bilder an der Wand. Die Möbel sah ich mir nicht genauer an, ich suchte einen Mann und erwartete eigentlich, er würde durch die Tür gegenüber kommen und mich begrüßen.

»Ich sehe ihn nicht«, flüsterte Mutter.

»Da drüben.« Mrs. Pymore deutete mit ihrem Schlüssel in die Ecke.

Dann sah ich ihn, und was ich zuerst für ihn selbst gehalten hatte, der uns aus einer kunstreich geschnitzten Türöffnung entgegentrat, war sein lebensgroßes Abbild auf dem Gemälde, das bei unserem Besuch in der Schneenacht leer gewesen war. Er trug seinen windschiefen Hut und den Umhang. Und in der Hand hatte er keine Fackel, sondern einen großen, weißen Umschlag.

»Ein wunderbares Bild«, sagte Mrs. Pymore. »Er hat es an dem Tag beendet, als er gestorben ist. Gestorben ist vielleicht nicht ganz das richtige Wort, es war mehr ein Verschwinden. Und manchmal behaupten Leute hier in der Gegend, dass er durch die Wälder streift – aber nur im Winter, wenn das Haus hier geschlossen ist. Es ist jetzt ein Museum, aber früher war es sein Haus. Oben stehen sogar Betten.«

»Wissen wir«, sagte Louis, aber die Alte hatte ihn nicht gehört.

»Er war also Maler«, sagte Vater.

»Ja«, bestätigte Mrs. Pymore. »Die Bilder hier sind alle von ihm, aber sein Selbstporträt ist das geheimnisvollste, und über das wird hier herum viel geflüstert.«

»Was flüstern sie denn?«, fragte ich.

»Dass er zaubern konnte. Dass sein Geheimnis in dem Umschlag steckt, den er in der Hand hat.«

»Vielleicht ist es eine Weihnachtskarte«, sagte ich.

»Unsinn. Du siehst doch, dass es nur ein gemalter Umschlag ist.«

»Das, was in dem Umschlag ist, meine ich.«

Mrs. Pymore zog schmunzelnd die Schultern hoch und tippte mir mit ihrem Schlüssel an den Kopf. Dann wandte sie sich an die Eltern. »Er glaubt an das Geflüster«, sagte sie.

Mascha Kaléko

Betrifft: Erster Schnee

Eines Morgens leuchtet es ins Zimmer,
und du merkst: 's ist wieder mal soweit.
Schnee und Barometer sind gefallen.
Und nun kommt die liebe Halswehzeit.

Kalte Blumen blühn auf Fensterscheiben.
Fröstelnd seufzt der Morgenblattpoet:
»Winter läßt sich besser nicht beschreiben,
als es schon im Lesebuche steht.«

Blüten kann man noch mit Schnee vergleichen,
doch den Schnee … Man wird leicht zu banal.
Denn im Sommer ist man manchmal glücklich,
doch im Winter nur sentimental.

Und man muß an Grimmsche Märchen denken
und an einen winterweißen Wald
und an eine Bergtour um Silvester.
Und dabei an sein Tarifgehalt.

Und man möchte wieder vierzehn Jahr sein:
Weihnachtsferien … Mit dem Schlitten raus!
Und man müßte keinen Schnupfen haben,
sondern irgendwo ein kleines Haus.

Und davor ein paar verschneite Tannen,
ziemlich viele Stunden vor der Stadt.
Wo es kein Büro, kein Telefon gibt.
Wo man beinah keine Pflichten hat.

Ein paar Tage lang soll nichts passieren!
Ein paar Stunden, da man nichts erfährt.
Denn was hat wohl einer zu verlieren,
dem ja doch so gut wie nichts gehört.

Alexander Puschkin

Der Schneesturm

Ende des Jahres 1811, in der uns allen denkwürdigen Zeit, lebte auf seinem Landgute Neparadowo der wackere Gawrila Gawrilowitsch R. Er war durch seine Gastfreundlichkeit und Gutmütigkeit in der ganzen Gegend bekannt. Die Nachbarn kamen jeden Tag zu ihm auf Besuch, um zu essen und zu trinken oder mit seiner Gattin, Praskowja Petrowna, Boston zu fünf Kopeken den Point zu spielen; viele auch, um ihre Tochter, Marja Gawrilowna, ein schlankes, bleiches siebzehnjähriges Mädchen, zu sehen. Sie galt als reiche Partie, und viele ersehnten sie für sich oder für ihre Söhne.

Marja Gawrilowna war mit französischen Romanen erzogen worden und folglich verliebt. Ihr Auserwählter war ein armer Fähnrich von der Linie, der sich auf Urlaub auf dem Lande aufhielt. Es versteht sich von selbst, dass im Busen des jungen Mannes die gleiche Leidenschaft loderte und dass die Eltern seiner Geliebten, als sie ihre gegenseitige Zuneigung merkten, der Tochter untersagten, an ihn nur zu denken, und ihn bei seinen Besuchen noch unfreundlicher aufnahmen als irgendeinen verabschiedeten Assessor.

Unsere Verliebten tauschten häufig Briefe aus und sahen sich täglich unter vier Augen im Fichtengehölz oder bei der alten Kapelle. Dort schwuren sie einander ewige Liebe, beklagten ihr Los und schmiedeten allerlei Pläne. Nach den vielen Gesprächen und Briefen gelangten sie (was ja sehr natürlich ist) zu folgendem Schluss: »Da wir ohne einander nicht atmen können und der Wille der grausamen Eltern unserm Glücke im Wege steht, könnten wir uns da nicht auch ohne ihre Einwilligung behelfen?« Es versteht sich, dass dieser glückliche Gedanke zuerst dem jungen Mann gekommen war und der romantischen Phantasie Marja Gawrilownas außerordentlich zusagte.

Der eingetretene Winter machte ihren Zusammenkünften ein Ende; ihr Briefwechsel wurde aber umso lebhafter. Wladimir Nikolajewitsch beschwor sie in einem jeden seiner Briefe, die Seinige zu werden: sich mit ihm heimlich trauen zu lassen, eine Zeit lang in einem Versteck zu leben und dann den Eltern zu Füßen zu stürzen; die Eltern aber würden sich von der heroischen Treue und dem Unglück der Liebenden rühren lassen und sicherlich sagen: »Kinder! Kommt in unsere Arme.«

Marja Gawrilowna schwankte; viele Fluchtpläne wurden von ihr nacheinander verworfen. Endlich willigte sie ein: an dem für die Entführung bestimmten Tage sollte sie nicht zu Abend essen und sich, Kopfweh vorschützend, in ihr Zimmer zurückziehen. Dann sollte sie mit ihrer Zofe, die in die Verschwörung eingeweiht war, durch den Hinterflur in den Garten gehen, hinter dem Garten einen angespannten Schlitten vorfinden, in diesen einsteigen und etwa fünf Werst weit nach dem Dorf Schadrino direkt zur Kirche fahren, wo Wladimir sie schon erwarten würde.

Die Nacht vor dem entscheidenden Tage konnte Marja Gawrilowna keinen Schlaf finden; sie packte ihre Sachen, band Wäsche und Kleider zu einem Bündel zusammen und schrieb einen langen Brief an ihre Freundin, ein sehr empfindsames junges Mädchen, und einen zweiten an ihre Eltern. Sie nahm von ihnen in den rührendsten Ausdrücken Abschied, entschuldigte ihren Schritt mit der unüberwindlichen Macht der Leidenschaft und schloss mit den Worten, dass sie den Augenblick, in dem sie ihren teuren Eltern zu Füßen fallen dürfe, für den glücklichsten ihres Lebens betrachten würde. Nachdem sie beide mit einem in Tula verfertigten Petschaft, auf dem zwei flammende Herzen – von einer entsprechenden Inschrift umgeben – dargestellt waren, versiegelt hatte, warf sie sich beim Tagesgrauen auf ihr Lager und schlummerte ein, wurde aber fortwährend von furchtbaren Traumbildern aufgeschreckt. Bald schien es ihr, dass ihr Vater sie gerade in dem Augenblick, da sie in den Schlitten stieg, um zur Trauung zu fahren, überraschte, mit schmerzvoller Schnelligkeit über den Schnee schleifte und in ein finsteres, fensterloses Verließ stieße ... sie stürzte kopfüber hinab, während ihr Herz sich unaussprechlich zusammenkrampfte; bald sah sie Wladimir blass und verblutend im Grase liegen; im Sterben beschwor er sie mit herzzerreißender Stimme, sich sofort mit ihm trauen zu lassen. Noch viele andere gestaltlose und sinnlose Schreckbilder schwebten, eines nach dem andern, vor ihren Blicken. Als sie endlich aufstand, war sie blasser als sonst und hatte wirkliches Kopfweh. Vater und Mutter merkten sofort ihre Unruhe; die zärtliche Besorgtheit der Eltern und ihre unaufhörlichen Fragen: »Was hast du, Mascha? Bist du nicht wohl, Mascha?« schnitten ihr ins Herz. Sie versuchte, sich zu beruhigen und sorglos zu erscheinen, brachte es aber nicht fertig. Indessen wurde es Abend. Der Gedanke, dass sie den scheidenden Tag zum allerletzten Mal inmitten der Ihrigen begleite, bedrückte sie schwer. Sie war mehr tot als lebendig; im Geiste verabschiedete sie sich schon von allen Personen und Gegenständen, die sie umgaben. Das Abendessen wurde aufgetragen; ihr Herz begann heftig zu pochen. Mit bebender Stimme erklärte sie, dass sie heute nicht zu Abend essen würde, und wünschte den Eltern Gute Nacht. Diese küssten sie und gaben ihr, wie jeden Abend, ihren Segen; sie fing dabei beinahe zu weinen an. Als sie in ihr Zimmer kam, ließ sie sich in einen Sessel fallen und brach in Tränen aus. Die Zofe beschwor sie, sich zu beruhigen und Mut zu fassen. Alles war schon bereit. In einer halben Stunde schon sollte Mascha dem Elternhause, ihrem Zimmer und dem stillen Mädchendasein für immer Lebewohl sagen …

Draußen tobte ein Schneesturm; der Wind heulte, die Fensterläden bebten und klopften; alles erschien ihr drohend und unheilkündend. Bald war es im Hause still; alle schliefen. Mascha hüllte sich in ihren Schal, zog sich einen warmen Mantel an, nahm ihr Köfferchen in die Hand und trat auf den Hinterflur. Die Zofe folgte ihr mit zwei Bündeln. Sie gingen in den Garten hinunter. Der Schneesturm wütete noch immer; der Wind blies Mascha ins Gesicht, wie wenn er die junge Missetäterin aufhalten wollte. Mit großer Mühe gelangten sie an das Ende des Gartens. Auf der Straße wartete schon der Schlitten. Die durchfrorenen Pferde wollten nicht mehr ruhig stehen; Wladimirs Kutscher ging vor den Deichselstangen auf und ab und bemühte sich, die Ungeduldigen zu halten. Er half dem Fräulein und der Zofe in den Schlitten zu steigen und die Bündel und das Köfferchen unterzubringen, ergriff die Zügel, und die Pferde rasten dahin. Wir wollen aber das Fräulein der Sorge des Schicksals und der Kunst des Kutschers Terjoschka anvertrauen und uns zu unserm jungen Liebhaber wenden.

Wladimir war den ganzen Tag unterwegs. Am Morgen besuchte er den Priester von Schadrino und einigte sich mit ihm, nicht ohne Mühe. Dann begab er sich auf die Suche nach Trauzeugen zu den benachbarten Gutsbesitzern. Der erste, den er aufsuchte, der vierzigjährige ehemalige Kornett Drawin, willigte mit Freuden ein. Dieses Abenteuer, behauptete er, erinnere ihn an die Husarenstreiche seiner Jugend. Er bewog Wladimir, bei ihm zu Mittag zu essen, und versicherte ihm, dass die zwei noch fehlenden Zeugen sich unschwer finden lassen würden. Gleich nach dem Essen erschienen tatsächlich der Geometer Schmidt, der einen Schnurrbart und Sporen trug, und der Sohn des Landpolizeihauptmanns, ein etwa sechzehnjähriger Junge, der vor Kurzem bei den Ulanen eingetreten war. Sie nahmen Wladimirs Vorschlag nicht nur an, sondern erklärten sich auch bereit, für ihn ihr Leben aufs Spiel zu setzen. Wladimir schloss sie entzückt in seine Arme und fuhr nach Hause, um die letzten Vorbereitungen zu treffen.

Es dämmerte schon seit geraumer Zeit. Wladimir schickte seinen verlässlichen Terjoschka mit einer Troika und genauer und ausführlicher Instruktion

nach Neparadowo, ließ sich den kleinen einspänni-
gen Schlitten geben und fuhr allein, ohne Kutscher,
nach Schadrino, wo nach etwa zwei Stunden auch
Marja Gawrilowna eintreffen sollte. Der Weg war
ihm gut bekannt, und die Fahrt dauerte gewöhnlich nur zwanzig Minuten.

Kaum aber hatte Wladimir das Dorf verlassen, als
sich ein Wind erhob und ein solcher Schneesturm
losbrach, dass er nichts mehr sehen konnte. Die
Straße war in einem Augenblick unter den Schneemassen verschwunden; ein trüber, gelblicher Nebel,
durch den die weißen Schneeflocken flogen, ver-
deckte den Ausblick; der Himmel floss mit der
Erde in eins zusammen; Wladimir sah sich plötzlich
mitten im freien Feld und machte vergebliche Versuche, wieder auf die Straße zu gelangen. Das Pferd
lief aufs Geratewohl; bald fuhr es in einen Schneehaufen hinein, bald versank es in einem Graben; der
Schlitten kippte jeden Augenblick um. Wladimir
war nur auf das eine bedacht: die Richtung nicht zu
verlieren. Es war aber schon, wie ihm schien, mehr
als eine halbe Stunde vergangen, und er hatte das
Gehölz von Schadrino noch immer nicht erreicht.

Es vergingen zehn Minuten – vom Gehölz war
noch immer nichts zu sehen. Wladimir fuhr über
ein Feld, das von tiefen Gräben durchzogen war.
Der Schneesturm wollte sich nicht legen und der
Himmel sich nicht aufklären.

Das Pferd begann müde zu werden, und er selbst kam in Schweiß, obwohl er jeden Augenblick bis an den Gürtel im Schnee versank.

Bald merkte er, dass er in die falsche Richtung fuhr. Wladimir hielt an, überlegte sich seine Lage und kam zur Überzeugung, dass er etwas mehr nach rechts fahren müsse. Er fuhr nach rechts. Das Pferd bewegte vor Müdigkeit kaum die Beine. Er war schon mehr als eine Stunde unterwegs. Schadrino musste ganz in der Nähe sein. Er fuhr aber immer weiter, und das Feld nahm kein Ende. Immer neue Schneehaufen und Gräben; der Schlitten kippte immer wieder um, und er musste ihn immer wieder aufrichten. Die Zeit verging; Wladimir wurde nun ernsthaft unruhig.

Endlich zeigte sich seitwärts etwas Dunkles. Wladimir lenkte das Pferd in diese Richtung. Als er näher kam, sah er, dass es ein Gehölz war. »Gott sei Dank«, sagte er sich. »Jetzt ist es nicht mehr weit.« Er fuhr am Gehölz entlang, denn er hoffte, entweder auf die ihm wohlbekannte Landstraße zu kommen oder das Gehölz zu umbiegen; Schadrino musste ja gleich dahinter liegen. Bald fand er den Weg und fuhr in das Dunkel der Bäume, die der Winter ihres Laubes beraubt hatte. Der Wind konnte hier nicht mehr so furchtbar wüten; die Straße war eben, das Pferd fasste neuen Mut, und Wladimir beruhigte sich. Er fuhr aber und fuhr, doch von Schadrino war immer noch nichts zu sehen, das Gehölz wollte kein Ende nehmen. Wladimir merkte mit Schrecken, dass er in einen ihm unbekannten Wald geraten war. Verzweiflung bemächtigte sich seiner. Er gab dem Pferd die Peitsche; das arme Tier versuchte Trab zu laufen, wurde aber bald müde und ging schon nach einer Viertelstunde, trotz aller Bemühungen des unglücklichen Wladimirs, wieder im Schritt.

Allmählich lichtete sich das Dickicht, und Wladimir fuhr aus dem Walde heraus. Von Schadrino war nichts zu sehen. Es mochte gegen Mitternacht sein. Tränen traten ihm in die Augen; er fuhr aufs Geratewohl weiter. Der Sturm hatte sich gelegt, die Wolken verzogen sich; vor ihm lag ein von einem weißen, welligen Teppich bedecktes Tal. Die Nacht war ziemlich hell. Er entdeckte in der Nähe ein Dörfchen, das aus vier oder fünf Höfen bestand. Wladimir fuhr auf das Dörfchen zu. Beim ersten Bauernhause sprang er aus dem Schlitten, lief auf ein Fenster zu und begann zu klopfen. Nach einigen Minuten ging der hölzerne Laden auf, und ein alter Mann streckte seinen grauen Bart heraus. »Was willst du?« – »Ist es weit bis Schadrino?« – »Ob es bis Schadrino weit ist?« – »Ja, ja. Ist es weit?« – »Gar nicht weit: an die zehn Werst.« Als Wladimir diese Antwort hörte, fuhr er sich in die Haare und erstarrte wie ein zum Tode Verurteilter.

»Und wo kommst du her?«, fuhr der Alte fort. Wladimir hatte aber nicht den Mut, seine Frage zu beantworten. »Alter«, wandte er sich an ihn, »kannst du mir Pferde nach Schadrino verschaffen?« – »Woher sollen wir Pferde haben?«, antwortete der Bauer. »Kann ich vielleicht einen Führer bekommen, der den Weg nach Schadrino kennt. Ich will ihm bezahlen, soviel er verlangt.« – »Wart einmal«, sagte der Alte, den Fensterladen schließend, »ich will dir meinen Sohn schicken; er wird dich begleiten.« Wladimir begann zu warten. Es war aber noch keine halbe Minute vergangen, als er wieder zu klopfen anfing. Der Laden ging auf, und der graue Bart zeigte sich wieder. »Was willst du?« – »Wo bleibt denn dein Sohn?« – »Gleich kommt er: Er zieht sich die Stiefel an. Friert es dich vielleicht? Komm nur herein und wärme dich.« – »Ich danke. Schicke schneller deinen Sohn heraus.«

Bald knarrte das Tor. Ein Bursche, mit einem dicken Knüttel in der Hand, kam heraus und ging vor dem Schlitten her, den schneeverwehten Weg bald zeigend und bald suchend. »Wie spät ist es?«, fragte ihn Wladimir. »Es wird wohl bald tagen«, antwortete der junge Bauer. Wladimir sprach nun kein Wort mehr. Die Hähne krähten, und es war schon hell, als sie Schadrino erreichten. Die Kirche war geschlossen. Wladimir bezahlte seinen Führer und fuhr zum Geistlichen. Auf dessen Hofe war aber keine Troika zu sehen. Was für eine Nachricht erwartete ihn da!

Kehren wir aber zu den braven Gutsbesitzern von Neparadowo zurück und sehen wir, was bei ihnen vorgeht.

Nichts Besonderes.

Die Alten standen wie jeden Morgen auf und kamen in die gute Stube: Gawrila Gawrilowitsch in Nachtmütze und Flausjacke, Praskowja Petrowna in wattiertem Schlafrock. Als der Samowar aufgetragen war, schickte Gawrila Gawrilowitsch ein Mädchen zu Marja Gawrilowna, sie zu fragen, wie es ihr heute ginge und wie sie geschlafen habe. Das Mädchen kam zurück und meldete, dass das gnädige Fräulein sehr schlecht geschlafen habe, sich aber jetzt schon etwas besser fühle und bald kommen werde. Die Tür ging tatsächlich auf, und Marja Gawrilowna trat ein, um Papa und Mama zu begrüßen.

»Wie ist es mit deinem Kopfweh, Mascha?«, fragte Gawrila Gawrilowitsch. – »Es geht schon besser, Papachen«, antwortete Mascha. – »Es kommt wohl vom Ofendunst«, meinte Praskowja Petrowna. – »Ja, wahrscheinlich, Mamachen«, erwiderte Mascha.

Der Tag verlief glücklich, aber gegen Abend wurde Mascha krank. Man schickte in die Stadt nach einem Arzt. Dieser kam sehr spät und traf die Kranke im Delirium an. Sie hatte heftiges Fieber, und die Ärmste schwebte zwei Wochen lang zwischen Leben und Tod. Niemand im Hause wusste etwas von der geplanten Flucht. Die Briefe, die Mascha am Vorabend geschrieben hatte, hatte sie verbrannt; die Zofe sagte, aus Furcht vor dem Zorn der Herrschaft, niemandem ein Wort. Der Geistliche, der ehemalige Kornett, der Geometer mit dem Schnurrbart und der kleine Ulan waren diskret und hatten wohl ihre Gründe dafür. Der Kutscher Terjoschka verschnappte sich selbst im Rausche nicht. So wurde das Geheimnis von dem halben Dutzend Mitverschworener treu behütet. Doch Marja Gawrilowna selbst verriet es in ihrem fortwährenden Delirium. Ihre Worte waren aber so wirr, dass die Mutter, die das Krankenzimmer für keinen Augenblick verließ, aus ihnen nur das eine verstehen konnte: dass ihre Tochter sterblich in Wladimir Nikolajewitsch verliebt sei und dass die Erkrankung wahrscheinlich mit dieser Liebe zusammenhänge. Sie beriet sich mit ihrem Gatten und einigen Nachbarn, und alle kamen überein, dass es dem jungen Mädchen wohl vom Schicksal so beschieden sei, dass niemand dem ihm vom Himmel vorausbestimmten Ehegenossen entrinnen könne, dass Armut keine Schande sei, dass man nicht das Geld, sondern den Menschen heirate und so weiter. Moralische Sprichwörter pflegen in solchen Fällen ungemein nützlich zu sein, wo man selbst keinerlei Rechtfertigung zu ersinnen vermag. Das junge Mädchen erholte sich indessen wieder. Wladimir hatte sich schon lange nicht mehr in Gawrila Gawrilowitschs Hause blicken lassen. Die Behandlung, die ihm hier immer zuteilwurde, schreckte ihn wohl ab. Es wurde beschlossen, ihn kommen zu lassen, um ihm das unerwartete Glück, die Einwilligung auf die Ehe, zu verkünden. Wie groß war aber das Erstaunen der Gutsbesitzer von Neparadowo, als sie von ihm als Antwort auf die Einladung einen halb verrückten Brief erhielten. Er teilte ihnen mit, dass er seinen Fuß nie wieder über ihre Schwelle setzen würde und bat sie, den Unglücklichen, für den der Tod nun die einzige Hoffnung sei, zu vergessen. Nach einigen Tagen erfuhren sie, dass Wladimir wieder in sein Regiment eingerückt war. Das geschah im Jahre 1812. Man konnte sich lange nicht entschließen, dies der genesenden Mascha zu melden. Sie sprach nie mehr von Wladimir. Als sie einige Monate später seinen Namen unter denen, die sich bei Borodino ausgezeichnet hatten und schwer verwundet waren, las, fiel sie in Ohnmacht, und man fürchtete schon, dass ihre Krankheit zurückkehren würde. Der Ohnmachtsanfall hatte aber, Gott sei Dank, keine ernsten Folgen.

Sie wurde von einem anderen Kummer heimgesucht: Gawrila Gawrilowitsch verschied und ließ sie als Erbin seines ganzen Besitzes zurück. Die Erbschaft gab ihr aber keinen Trost; sie teilte aufrichtig die Trauer Praskowja Petrownas und schwor, sich niemals von ihr trennen zu wollen. Die beiden verließen Neparadowo, die Stätte trauriger Erinnerungen, und zogen auf ihr ***sches Gut. Die Freier umschwirrten auch hier das hübsche und reiche Mädchen; sie gab aber niemandem auch die leiseste Hoffnung. Die Mutter redete ihr manchmal zu, sich einen Ehegenossen zu wählen. Marja Gawrilowna schüttelte aber nur den Kopf und wurde nachdenklich. Wladimir weilte nicht mehr unter den Lebenden: Er war zu Moskau, am Vorabend des Einzuges der Franzosen, gestorben. Sein Andenken schien Mascha heilig zu sein; jedenfalls bewahrte sie alles, was an ihn erinnerte, treulich auf: die Bücher, die er einst gelesen, seine Zeichnungen, Noten und die Verse, die er für sie abgeschrieben hatte. Die Nachbarn, die solches hörten, bewunderten ihre Standhaftigkeit und erwarteten mit Neugier den Helden, der über die rührende Treue der jugendlichen Artemis triumphieren würde.

Der Krieg war indessen ruhmvoll beendet. Unsere Heere kehrten aus dem Auslande zurück. Das Volk eilte ihnen entgegen. Die Regimentskapellen spielten die im Feldzuge eroberten Weisen: »Vive Henri IV«, Tiroler Walzer und Arien aus der *Joconde*. Die Offiziere, die als halbe Knaben ins

Feld gezogen waren, kehrten, im Pulverdampf der Schlachten zu Männern geworden, mit Ehrenkreuzen geschmückt, heim. Die Soldaten plauderten lustig miteinander, fortwährend deutsche und französische Worte in ihre Rede mischend. Unvergessliche Zeit! Die Zeit des Ruhmes und der Begeisterung! Wie stark pochte das russische Herz beim Klange des Wortes »Vaterland«! Wie süß waren die Freudentränen des Wiedersehens! Wie einmütig verbanden wir das Gefühl des nationalen Stolzes mit der Liebe zum Kaiser! Und für diesen selbst – welche Augenblicke!

Die Frauen, die russischen Frauen waren damals unvergleichlich. Ihre gewöhnliche Kühle war verschwunden. Ihr Entzücken war wahrlich berauschend, als sie die Sieger mit »Hurra!« begrüßten »und in die Luft die Häubchen warfen ...«

Wer von den damaligen Offizieren wird nicht zugeben, dass er von der russischen Frau den besten, den kostbarsten Lohn empfing ... Marja Gawrilowna lebte um diese glanzvolle Zeit mit ihrer Mutter im ***schen Gouvernement und sah gar nicht, wie die beiden Residenzen die zurückgekehrten Truppen feierten. In der Provinz und auf dem flachen Lande war die allgemeine Begeisterung vielleicht noch stärker. Das Erscheinen eines Offiziers in solchen Gegenden war ein wahrer Triumph, und ein Liebhaber in Zivilfrack konnte neben ihm gar

nicht aufkommen. Wie gesagt, war Marja Gawrilowna trotz ihrer Kälte nach wie vor von Bewer-
bern umgeben. Alle mussten aber weichen, als der
verwundete Husarenhauptmann Burmin mit dem
Georgskreuze im Knopfloch und der »interessan-
ten Blässe«, wie sich die damaligen jungen Damen
ausdrückten, im Gesicht auf ihrem Schlosse erschien. Er war an die sechsundzwanzig Jahre alt. Er
verbrachte den Urlaub auf seinen Besitzungen, die
in der Nähe des Gutes Marja Gawrilownas lagen.
Marja Gawrilowna zeichnete ihn vor allen anderen
aus. In seiner Gegenwart wich ihre gewöhnliche
Versonnenheit einem lebhafteren Gemütszustand.
Man kann nicht behaupten, dass sie mit ihm ko-
kettierte, aber ein Dichter, der ihr Benehmen sähe,
würde gesagt haben:

»S'amor non é, che dunque?«

Burmin war in der Tat ein liebenswürdiger junger
Mann. Er besaß gerade jenen Geist, der den Damen so gut gefällt: den Geist des Anstandes und der
Aufmerksamkeit ganz ohne Anmaßung, doch mit
gutmütigem Humor. Sein Benehmen Marja Gawrilowna gegenüber war einfach und ungezwungen;
doch was sie auch sagen oder tun mochte, seine
Seele und seine Blicke folgten ihr. Er schien einen
stillen und bescheidenen Charakter zu haben,
aber es wurde behauptet, dass er einst ein schlimmer Taugenichts gewesen sei, was ihm übrigens

in Marja Gawrilownas Augen durchaus nicht zu schaden vermochte, da sie (wie alle jungen Damen) gern alle Streiche verzieh, die Kühnheit und feuriges Temperament verrieten.

Doch mehr als alles andere ... (mehr als seine zärtliche Veranlagung, mehr als seine angenehme Unterhaltungsgabe, als seine interessante Blässe, als sein verwundeter Arm), mehr als das alles war es das Schweigen des jungen Husaren, das ihre Neugier und Phantasie reizte. Sie konnte sich nicht verhehlen, dass sie ihm sehr gefiel; wahrscheinlich hatte auch er bei seinem Geist und seiner Erfahrung schon bemerkt, dass sie ihn vor den andern auszeichnete; wie war es nun zu erklären, dass sie ihn noch immer nicht zu ihren Füßen gesehen und sein Geständnis nicht zu hören bekommen hatte? Was hielt ihn zurück? Schüchternheit, die von wahrer Liebe unzertrennlich ist, Stolz oder die Koketterie eines schlauen Schürzenjägers? Das war ihr ein Rätsel. Als sie sich das alles ordentlich überlegt hatte, sagte sie sich, dass Schüchternheit der einzige Grund seiner Zurückhaltung sein müsse, und sie entschloss sich, ihn durch erhöhte Aufmerksamkeit und, wenn es die Umstände verlangten, selbst durch Zärtlichkeit zu ermutigen. Sie war auf eine höchst unerwartete Lösung gefasst und erwartete mit Ungeduld den Augenblick der romantischen Liebeserklärung. Jedes Geheimnis, ganz gleich welcher Natur, ist den Frauenherzen unerträglich. Ihre strategischen Maßnahmen führten zum erwünschten Erfolg; Burmin versank jedenfalls in so tiefe Nachdenklichkeit, und seine schwarzen Augen blickten mit solchem Feuer auf Marja Gawrilowna, dass der entscheidende Moment ganz nahe zu sein schien. Die Nachbarn sprachen von der Hochzeit als von einer beschlossenen Tatsache, und die gute Praskowja Petrowna freute sich, dass ihre Tochter endlich einen würdigen Bräutigam gefunden habe. Die alte Dame saß einmal im Wohnzimmer, mit einer Grand-Patience beschäftigt, als Burmin ins Zimmer trat und sich sofort nach Marja Gawrilowna erkundigte. »Sie ist im Garten«, antwortete die Mutter, »gehen Sie zu ihr, ich werde Sie hier erwarten.« Burmin ging hinaus, und die alte Dame bekreuzigte sich und dachte: Vielleicht wird die Sache heute zur Entscheidung kommen!

Burmin traf Marja Gawrilowna am Teiche, unter einer Weide, mit einem Buche in der Hand – als echte Romanheldin. Nachdem die ersten Fragen ausgetauscht waren, ließ Marja Gawrilowna das Gespräch absichtlich stocken, die beiderseitige Verlegenheit auf diese Weise dermaßen vergrößernd, dass nur eine plötzliche und entscheidende Erklärung befreiend wirken könnte. So kam es auch: Als Burmin die Schwierigkeit seiner Lage merkte, erklärte er, dass er schon längst eine Ge-

legenheit gesucht habe, vor ihr sein Herz zu ent-
hüllen, und bat sie um eine Minute Gehör. Marja
Gawrilowna machte das Buch zu und senkte zum
Zeichen des Einverständnisses die Augen. »Ich
liebe Sie«, begann Burmin, »ich liebe Sie leiden-
schaftlich ...« (Marja Gawrilowna errötete und
ließ den Kopf noch tiefer sinken.) »Ich handelte
leichtsinnig, als ich mich der süßen Gewohnheit,
Sie alltäglich zu sehen und zu hören, hingab ...«
(Marja Gawrilowna musste an den ersten Brief des
St. Preux denken.) »Nun ist es zu spät, mich meinem Schicksale zu widersetzen: Die Erinnerung an
Sie, Ihr liebes, unvergleichliches Bild, wird nun die
ewige Qual und die ewige Wonne meines Lebens
sein; eine schwere Pflicht ist aber noch zu erfüllen:
Ich muss Ihnen ein schreckliches Geheimnis ent-
hüllen und damit eine unüberwindliche Schranke
zwischen uns errichten ...« – »Diese Schranke hat
schon immer bestanden«, unterbrach ihn Marja
Gawrilowna lebhaft, »niemals konnte ich die Ihre
werden.« – »Ich weiß es«, antwortete er leise, »ich
weiß, dass Sie schon einmal geliebt haben; aber
der Tod und die drei Jahre der Trauer ... Liebe,
gute Marja Gawrilowna, versuchen Sie nicht, mir
meinen letzten Trost zu rauben: den Gedanken,
dass Sie bereit wären, mein ganzes Glück zu sein,
wenn ...« – »Schweigen Sie, um Gottes willen,
schweigen Sie. Sie quälen mich.« – »Ja, ich weiß,

ich fühle es, dass Sie die Meinige werden würden, aber ich, ich unseligstes Geschöpf – ich bin schon verheiratet.«

Marja Gawrilowna blickte ihn erstaunt an. »Ich bin verheiratet«, fuhr Burmin fort, »seit vier Jahren schon, und ich weiß nicht, wer meine Frau ist, wo sie weilt und ob es mir beschieden ist, sie je wiederzusehen.« »Was sagen Sie?!«, rief Marja Gawrilowna aus. »Wie seltsam. Fahren Sie fort; ich will Ihnen später erzählen, aber fahren Sie um Gottes willen fort.«

»Zu Beginn des Jahres 1812«, erzählte Burmin, »eilte ich nach Wilna, wo sich unser Regiment befand. Als ich eines Abends zur späten Stunde auf eine Station kam und sofort anzuspannen begann, erhob sich ein furchtbarer Schneesturm, und der Stationsaufseher und die Kutscher rieten mir, abzuwarten. Ich folgte ihnen, aber eine unbegreifliche Unruhe bemächtigte sich meiner; mir war es, als ob mich jemand fortwährend stieße. Der Schneesturm wollte sich nicht legen. Ich hielt es nicht länger aus, gab wieder den Befehl anzuspannen und setzte trotz des Sturmes meine Reise fort. Der Kutscher hatte den Einfall, über den Fluss zu fahren, was die Reise um drei Werst abkürzen sollte. Die Flussufer waren vom Schnee verweht. Der Kutscher verpasste die Stelle, wo man wieder auf die Landstraße kommen konnte, und so gerieten wir in eine gänzlich unbekannte Gegend. Der Sturm wütete noch immer. Ich sah einen Lichtschein und ließ auf dieses Ziel fahren. Wir kamen in ein Dorf; in der hölzernen Kirche brannte Licht. Die Kirchentür stand offen; hinter der Kirchenmauer warteten einige Schlitten, und vor dem Eingang gingen Menschen auf und ab. ›Hierher, hierher‹, riefen einige Stimmen. Ich befahl dem Kutscher, vor der Kirche zu halten. ›Mein Gott, wo bliebst du so lange?‹, sagte mir jemand: ›Die Braut ist ohnmächtig; der Pope weiß nicht, was zu tun; wir wollten schon nach Hause fahren. Komm aber schnell her!‹ Ich sprang schweigend aus dem Schlitten und trat in die Kirche, die von zwei oder drei Kerzen schwach erleuchtet war. Ein Mädchen saß auf einer Bank in einer finsteren Ecke; ein anderes rieb ihr die Schläfen. ›Gott sei Dank‹, sagte das letztere: ›Wir haben Sie kaum erwarten können. Sie haben das Fräulein beinahe getötet.‹ Der alte Geistliche ging auf mich zu und fragte: ›Sollen wir beginnen?‹ – ›Ja, beginnen Sie, Hochwürden, beginnen Sie‹, antwortete ich zerstreut. Man hob das Mädchen auf. Es erschien mir recht hübsch … Ein unerklärlicher, unverzeihlicher Leichtsinn … Ich stellte mich neben sie vor den Altar; der Priester hatte große Eile; die drei Männer und die Zofe stützten die Braut und waren mit ihr allein beschäftigt. So traute man uns. ›Küsst euch‹, sagte man uns. Meine Frau wandte mir ihr blasses Gesicht zu. Ich wollte sie schon küssen … Sie schrie aber auf: ›Ach, er ist's nicht, er ist's nicht!‹ und fiel wieder in Ohnmacht. Die Zeugen richteten ihre erstaunten Blicke auf mich. Ich wandte mich um, verließ ungehindert die Kirche, stürzte in den Schlitten und schrie: »Los!« »Mein Gott«, rief Marja Gawrilowna aus. »Und Sie wissen gar nicht, was aus Ihrer armen Frau geworden ist?« »Ich weiß es nicht«, antwortete Burmin, »ich weiß nicht, wie das Dorf heißt, in dem ich getraut wurde, und von welcher Station ich hingekommen war. Damals legte ich meinem verbrecherischen Streich so wenig Bedeutung bei, dass ich gleich, nachdem ich die Kirche verlassen hatte, einschlief und erst am nächsten Morgen auf der dritten Station erwachte. Mein Diener, der mich damals begleitete, starb während des Feldzuges, und so habe ich gar keine Hoffnung, diejenige zu finden, mit der ich den grausamen Streich gespielt habe und die nun so grausam gerächt ist.« »Mein Gott, mein Gott!«, sagte Marja Gawrilowna, seine Hand ergreifend. »Also Sie waren es! Und Sie erkennen mich nicht?« Burmin erbleichte und stürzte ihr zu Füßen …

Daniel Kehlmann

Schnee

Die Sitzung dauerte schon viel zu lange. Die Zahlen auf den zwei Wandtafeln lösten sich in Schlangenlinien auf, leergeschriebene Kugelschreiber lagen auf dem Tisch, und in den Aschenbechern häuften sich die Zigarettenstummel. Direktor Lessing schloss die Augen, senkte den Kopf und rieb sich die Schläfen. Hansen sprach jetzt seit mindestens einer halben Stunde, und seine Worte verformten sich in Lessings Geist zu eigenartigen Lautgebilden.

Es war das Übliche: Die Konkurrenz entwickelte undurchschaubare Pläne, die Prognosen waren nicht die besten, und in die Kalkulation schlichen sich Schwierigkeiten ein. Hansen und Mühlheim waren sich nicht einig, und Berger hielt die Extrapolation der Kurve vom vergangenen Quartal für irreführend. Von den Zigarettenspitzen stiegen Rauchfäden in die Höhe, kräuselten sich, bildeten komplizierte Verästelungen und lösten sich auf. An der Decke, unter den Lampen, hingen bläuliche Dunstschwaden. Die Kaffeetassen waren längst leer.

Wie spät war es? Lessing wagte nicht, auf die Uhr zu sehen, das wäre doch zu unhöflich gewesen. Jedenfalls war es draußen schon seit Langem dunkel, es musste mindestens sieben sein, vielleicht halb acht. Ein Windstoß schlug so heftig gegen das Fenster, dass die Scheiben und auch die Tassen auf dem Tisch leise klirrten. Hansen unterbrach für einen Moment, und Lessing nützte das aus, um nach der Wanduhr zu sehen: Viertel vor neun. Mein Gott, saßen sie wirklich schon sechs Stunden hier? Mit einem Schlag wurden seine Kopfschmerzen heftiger und zugleich auch seine Müdigkeit. Die Dunkelheit presste sich gegen das Fenster. Es musste ein ziemlich schlimmer Sturm sein.

Und dabei hatte es ganz anders begonnen. Heute Morgen waren plötzlich dicke weiße Flocken aus dem Himmel geschwebt. Sehr langsam und lautlos. Ohne jede Ankündigung im Wetterbericht. Jedes Jahr ist es wieder so: Der Himmel ist hell und überraschend nahe, und auf die Welt – den Rasen, das Dach des Nachbarhauses, die Hundehütte, die Bäume – legt sich ein weißes Lichtkleid. Die Geräusche hören auf, und alles ist für kurze Zeit leuchtend und sauber und schön. Aber es dauert nicht lange. Bald hört man Schneeschaufeln kratzen, Räumfahrzeuge wälzen sich vorbei, Chemikalien verwandeln den Schnee in eine braune Dreckmasse. Und kurz darauf quälen sich auch wieder die ersten Autos durch die Straßen.

Gegen Mittag hatte der Wind eingesetzt, und dann war mehr Schnee gekommen und mehr Schnee und mehr. Die Kinder waren enttäuscht und frierend aus dem Garten geflohen; der Wind hatte ihren Schneemann zerstört, und die Flocken waren jetzt klein und fest und taten im Gesicht weh. Kurz darauf war auch der Hund ihnen gefolgt, winselnd und mit einer Eiskruste auf dem Fell. Aber die Sitzung war ein Termin, um den man sich nicht drücken konnte. Also: den wärmsten Mantel anziehen, Handschuhe, Schal und Pelzmütze. Lessings Villa lag in einer erstklassigen Gegend in der Vorstadt. Im Sommer war das angenehm, im Winter hatte es Nachteile: Der Weg in die Firma war heute nicht leicht gewesen, die Sicht war schlecht, es gab Schneeverwehungen, und an ein paar Stellen war die Straße schon ziemlich glatt. Auch Parkplätze waren kaum noch zu finden. Aber die Firma hatte eine eigene Garage.

Hansen setzte sich und sah sich befriedigt um. Eigentlich war jetzt ein Einwand von Mühlheim fällig, aber der schwieg. Er sah erschöpft aus, seine Krawatte saß schief, und sein Bart war zerzaust. Es ist wirklich Zeit aufzuhören, dachte Lessing. Eine kurze Pause begann, alle schwiegen, nur der Sturm war zu hören. So! Lessing holte Luft für das

Schlusswort, da hob Berger die Hand und fing an zu reden. Alle starrten ihn an, aber das störte ihn nicht. Er hatte sich ein paar Anmerkungen zu Hansens Thesen notiert. Eine Reihe von Anmerkungen. Viele Anmerkungen.

Er redete leise und schnell, versprach sich oft, korrigierte sich, fing von vorne an. Einmal öffnete sich die Tür, und Fräulein Perske, die Sekretärin, sah mit zusammengekniffenen Lippen herein. Mühlheim hatte den Kopf zurückgelegt und atmete schwer; Frau Dr. Köhler, die Personalchefin, zeichnete ein großes und schiefes Strichmännchen in ihren Notizblock, aber bevor sie zu den Füßen kam, hörte sie auf. Lessing betrachtete es beunruhigt; das fußlose Ding machte ihm Angst.

Es gelang ihm nicht mehr, Bergers Worten zu folgen; sie wollten sich nicht zu Sätzen fügen, trennten sich von jedem Sinn ab, schwirrten als Geräusche durch den Raum. Die Schmerzen in seinem Kopf bewegten sich langsam von der einen Seite zur anderen, ein sanftes Schwindelgefühl floss durch seine Gedanken. Er tastete nach dem Döschen mit seinen Blutdrucktabletten. Für einen Moment kam ihm die irritierende Idee, dass all die Tafeln und Diagramme und der Computer und die Telefone Attrappen sein könnten, Teile einer geschickt aufgebauten Dekoration, und dass alle hier es wussten. Er sah sie an, einen nach dem anderen. Aber ihr könnt aufhören! Ich habe es entdeckt...

Und dann fand er die Tabletten, und es ging vorbei. Er war wohl einfach überlastet. Ja, wenn man Ferien machen könnte, sich ausruhen, spazieren gehen und schlafen, viel schlafen... Aber in den nächsten Monaten war dafür keine Zeit, es musste auch so gehen. Man musste sich einfach zusammennehmen und sich gerade halten. Zum Teufel, er würde so lange durchhalten wie jeder von ihnen und notfalls noch eine Stunde länger!

Da erst bemerkte er, dass alle ihn ansahen. Hansens spiegelnde Brillengläser, Mühlheims Bart, Bergers frischlackierte Haare, Frau Dr. Köhlers spitze Nase. Er erschrak, dann wurde ihm klar, dass sie darauf warteten, dass er die Sitzung beendete. Mein Gott, endlich! Jetzt schnell, bevor noch jemand einen neuen Einfall hatte!

»Na schön«, hörte er sich sagen, dann räusperte er sich und sagte noch einmal: »Na schön.« Der Wind rüttelte am Fenster, wieder klirrten die Tassen, ein Bleistift rollte mit einem leisen, hölzernen Geräusch auf die Tischkante zu und stürzte, von niemandem aufgehalten, lautlos ab. Lessing sah ihn nicht auf dem Teppich ankommen; kein Aufprall war zu hören. Er rieb sich die Augen. Dann sagte er zum dritten Mal: »Na schön ... Wir haben heute doch einige wichtige Punkte ... klären können. Und bei den übrigen werden wir sicher ...« Die Lampen flackerten; plötzlich kam von draußen ein dumpfer, metallischer Knall. Lessing wandte sich zum Fenster, aber die anderen schienen nichts bemerkt zu haben. »... sicher eine Lösung finden. Meine Herren und ... und meine Dame ...« Er machte diesen Scherz oft, diesmal, zum ersten Mal, lächelte niemand. »... ich wünsche Ihnen eine gute Nacht.«

»Wünschen Sie uns vor allem eine gute Fahrt«, sagte Berger. »Wird nicht leicht werden.«

Fräulein Perske war eingetreten und nickte. »Ich habe gerade die Nachrichten gehört: Überall Unfälle. Vielleicht sollten Sie hierbleiben!«

Berger lachte. »Meinen Sie, hier übernachten? Also wenn Sie Lust dazu haben!« Er grinste und ging hinaus. Mühlheim sah ihm ärgerlich nach, murmelte etwas und folgte ihm.

Die Garage war fast leer. Lessing suchte in seinen Manteltaschen nach dem Schlüssel und atmete tief ein, um Sauerstoff in seinen Körper zu pressen. Sie verabschiedeten sich; alle sprachen sehr leise, obwohl es dafür gar keinen Grund gab. Dann stieg jeder in sein Auto; Türen schlugen zu, nach ein paar Sekunden sprangen die Motoren an, und die hellen Lichtkreise der Scheinwerfer flammten auf. Lessing saß in seinem Wagen und wartete; ein Auto nach dem anderen bewegte sich an ihm vorbei auf die Ausfahrt zu; und sie verschwanden, erst eines, dann noch eins, dann noch eins und schließlich das letzte, in die Nacht.

Dann war es still. Ein paar kleine Lampen warfen etwas Helligkeit in den Raum, längliche Schatten lagen auf dem Boden, nichts bewegte sich, nirgendwo. Die kalte Luft war angenehm; Lessing fühlte, wie ein wenig von seiner Kraft zurückkehrte. Also los!

Draußen war alles weiß. Die Straße, der Himmel und die Luft. Schnee stürzte aus der Höhe, und Schnee stieg von der Erde auf; wo man hinsah, rasten, wirbelten, hüpften Flocken. Lessing spürte, wie der Wind an seinem Lenkrad zerrte und wie die Räder unter ihm versuchten, Halt zu finden. Langsam fahren! Langsam und vorsichtig…! Meter für Meter zog die Straße an ihm vorbei, und dann konnte er durch das flirrende Weiß auch die vertrauten Umrisse der Gebäude erkennen. Jetzt links abbiegen und auf die Hauptstraße.

Und hier stockte alles. Lichter: gelbe und rote und rotierende Lichter, die links und rechts für Augenblicke Mauern, Türen, Fenster, Hydranten aus der Dunkelheit rissen. In der Ferne heulten Sirenen. Autos standen quer, versperrten den Gehsteig, steckten in Schneewehen; fünfzig Meter weiter, beleuchtet von flackerndem Rotlicht, waren drei Fahrzeuge ineinander verkeilt. Ein Polizist mit einer nutzlosen Kelle in der Hand irrte vorbei; Menschen in schneeverklebten Jacken standen herum. Für einen Augenblick nahm ein Kind Gestalt an, lief über die Straße und löste sich in Dunkelheit auf.

Lessing reagierte sofort: Rückwärtsgang, umdrehen und zurück. Der Motor jaulte auf, doch er gehorchte. Ein paar Sekunden lang war noch der Widerschein der vielen Lichter zu sehen.

Und jetzt? Lessing hatte nie einen besonders guten Orientierungssinn gehabt; nun musste er einen Heimweg finden, der nicht über eine der Hauptstraßen lief. Nach einer Weile fiel ihm eine schmale Straße ein, die er vor Jahren einmal benutzt hatte. – Doch, so konnte es gehen. »Na schön«, murmelte er, dann fiel ihm auf, dass er das heute schon zu oft gesagt hatte. Er öffnete das Handschuhfach und sah, dass dort kein Stadtplan lag.

Schon nach ein paar Kreuzungen wusste er nicht mehr, wo er war. Immer wieder war er anderen Autos begegnet, die sich mit hektisch arbeitenden Scheibenwischern vorangekämpft hatten; ein Fußgänger in Mantel und Hut winkte ihm zu und rief etwas, das er nicht verstand. Ein riesiges Räumfahrzeug wälzte sich voran und zog eine Spur nutzloser Kieselsteine hinter sich her.

Endlich tauchte ein Platz auf, der ihm bekannt vorkam. Ein Brunnen und darauf eine würdevolle Statue mit einem Speer in der Hand, sehr aufrecht und nur schemenhaft sichtbar. Mit einem erleichterten Seufzer schaltete Lessing das Radio ein.

Zuerst kam nur ein dunkles Brummen, durchmischt mit Lauten, die Wortfetzen waren oder auch irgendetwas anderes. Lessing fand den Regler, und nach kurzem Suchen ballte sich das Rauschen zu einer Frauenstimme. »... sind die meisten Hauptverkehrsstraßen zur Zeit unbefahrbar. Die Exekutive arbeitet daran, die Stauungen so schnell wie möglich ...« Ein Pfeifton schwoll an und wurde wieder schwächer. »... die Räumdienste überlastet, auch weil die Schneefälle völlig unerwartet ...« Die Stimme brach ab und nur ein heiseres Zischen blieb übrig. Lessing drehte nervös am Regler. »... wird empfohlen, auf keinen Fall das Auto zu benützen.« Er fluchte und schaltete ab.

Eine Zeit lang kam er ganz gut voran. Eine vertraute Straße ging in die nächste über, keine Hindernisse versperrten den Weg, und seine Villa kam langsam näher. In den Kurven fühlte er, wie eine stumme Kraft ihn von der Fahrbahn zerren wollte, aber das Auto widerstand ihr. Bald würde er im Bett sein.

Halt! Mein Gott, ein Moment unaufmerksam und ... Wo war er? Nichts, überhaupt nichts, weder das Plakat mit der Aufschrift »Trink doch Bier« noch die Kapelle mit dem schwankenden Drahtkreuz auf dem Dach, noch diese Garageneinfahrt hatte er je zuvor gesehen. Ruhig bleiben; ruhig! Wenigstens die Richtung müsste stimmen.

Plötzlich hatte er das Gefühl, dass etwas nicht in Ordnung war; – und dann hörte er auch schon das Geräusch der Räder, die durchdrehten. Er riss am Schalthebel und trat aufs Gaspedal; eine ungeheure Kraft schoss brummend in den Motor, Schnee spritzte auf, und dann, mit einem Satz, hatte sich der Wagen befreit. Ein Laternenmast glitt heran; Lessing kurbelte das Lenkrad herum, die Lenkstange schien in etwas Nachgiebiges, Gummihaftes verwandelt, der Mast beschrieb eine Kurve, entfernte sich, kam näher und prallte gegen die rechte Hintertür. Lessing atmete schwer. Aber er war zu müde, um wütend zu sein.

Doch immerhin: Die Häuser wurden niedriger, die Abstände zwischen ihnen größer, Gärten und Bäume tauchten auf. Es war eine Gegend wie die, in der Lessing wohnte. Vielleicht war es sogar ganz in der Nähe ... – man sollte jemanden fragen. Und da erst fiel ihm auf, dass er schon lange niemanden gesehen hatte. Keinen Menschen und kein Fahrzeug.

Er fuhr jetzt auf einer geraden Straße; zu beiden Seiten waren niedrige Häuser, umgeben von Zäunen. Die hellen Fenster, die Allee aus Straßenlaternen und auch seine Scheinwerfer schickten etwas Licht in die Nacht, kleine, scharf umgrenzte Bereiche von Helligkeit. Der Schnee fiel nicht mehr in Flocken, sondern war zu einem leuchtend weißen, wehenden Nebel geworden, zu einer Substanz, die tosend die Luft und den Himmel füllte. Die Bäume standen gebeugt, pressten ihre Äste an sich und sahen aus wie ängstliche Skelette. Ein fallender Zweig traf die Windschutzscheibe, Lessing erschrak. Genau in diesem Moment neigte die Straße sich unter ihm und legte sich in eine zuvor unsichtbare Kurve. Lessing tat genau das Falsche: Er trat auf die Bremse.

Lautlos hob sich der Horizont und wirbelte – einmal, zweimal – um seinen Kopf. Häuser, Bäume und Straße zerfielen in vorbeischnellende Schatten. Dann, mit einem Ruck, kam alles zum Stehen. Die dunklen Flächen begannen hastig, sich wieder zu Gegenständen zu ordnen.

Eine Zeit lang hörte er nur seinen Atem und die schnellen Schläge seines Herzens. Dann sah er seine Hände: Sie lagen auf seinem Schoß und zitterten. Aber die Müdigkeit hatte ihn losgelassen. Der Motor lief noch. Er stellte ihn ab. Und öffnete die Tür und stieg aus.

Er versank bis zu den Knien im Schnee. Es war eine kleine Wiese mit einem Baum in der Mitte. Die Rückenlehne einer Parkbank ragte aus einer Schneewehe, daneben die obere Kante eines Schildes: Hunde bitte. Lessing stapfte rund um das

Auto herum, besah es von allen Seiten und hielt die Hand vor sein Gesicht; der Wind war eisig und tat weh. Es war ganz offensichtlich: Es ging nicht. Er würde es hier nicht herausbekommen.

»Na schön«, sagte er laut. Er nahm seine Handschuhe vom Beifahrersitz, zog sie an und tastete nach dem Schlüsselloch. Dann stockte er. Wozu abschließen? Der Wagen steckte doch fest. Und zum Teufel, wenn es jemanden gab, der ihn hier herausbrachte – dann konnte er ihn haben! Lessing warf den Autoschlüssel auf den Fahrersitz und ließ die Tür zufallen. Dann stemmte er sich gegen den Wind und ging davon, ohne sich umzusehen. Was war denn das, dachte er, und vor Überraschung setzten seine Kopfschmerzen aus. Habe ich das wirklich getan? Ja, antwortete er, das habe ich.

Er hatte vor, eine Telefonzelle zu suchen und ein Taxi zu rufen. Und wenn er keines bekam, dann notfalls die Polizei, die Ambulanz oder die Feuerwehr, schlimmstenfalls einen Hubschrauber; er würde so lange telefonieren, bis er jemanden fand, der fähig war, ihn nach Hause zu schaffen. Aber es war keine Zelle zu sehen. Nichts änderte sich: die Straße, die Häuser, die Bäume, der Wind. Einmal entdeckte er ein Straßenschild, aber der Name darauf war ihm unbekannt. Wie spät war es? Auch das war nicht zu bestimmen; es war zu dunkel, um das Zifferblatt seiner Uhr zu erkennen, und zu hell für das schwache Glimmen der Leuchtzeiger. Er fühlte sich unendlich müde.

Und da hörte er hinter sich einen Ton. Ein helles Klingelgeräusch. Und als er sich umdrehte, sah er einen einzelnen Scheinwerfer langsam heranziehen. Jetzt erst fielen ihm die über der Straße gespannten Stromdrähte auf. Eine Straßenbahn! Hier fuhr eine Straßenbahn! Und Lessing begann, auf und ab zu springen und zu winken.

Einige schreckliche Momente lang schien es, als würde sie weiterfahren, trotz seiner Rufe und obwohl er mit den Fäusten gegen die Metallwand trommelte. Aber dann, als sie schon an ihm vorbei war, hielt sie doch. Er lief ihr nach, erreichte die letzte Tür des hinteren Waggons, drückte auf den Knopf und stieg ein. Die Tür schloss sich, und die Bahn fuhr an.

Lessing war allein im Waggon. Auf dem nassen Boden lagen halbgeschmolzene Schneeklümpchen; ein angebissener Apfel rollte unter einem Sitz hervor, zögerte einen Moment und verschwand unter einem anderen Sitz. Die Fenster waren beschlagen mit milchiger Dunkelheit; Lessing wischte ein paar Zentimeter frei: Schneeflocken wehten gegen das Glas, und dahinter fegte etwas Schwarzes, Flatterndes durch den Schein einer Laterne – ein Vogel vielleicht, oder auch ein Fetzen Stoff oder Papier. Welche Linie war das? Wohin fuhr sie? Egal; wohin auch immer, einmal würde sie an einen Ort kommen, wo es Menschen gab. Und ein Telefon. Er setzte sich und schloss die Augen.

Durch den schwarzen Raum in seinem Kopf wehten leuchtende Flocken; der dünne Faden eines Blitzes zog langsam über den Horizont, verästelte sich und erlosch in einem matten Funkeln. Einmal war ihm, als ob er Stimmen hörte, dumpf und kaum verständlich, aber er achtete nicht auf sie, und sie hörten bald auf. Und er spürte nur noch ein sanftes Rütteln, das manchmal stärker wurde, wenn der Wind aufheulte...

Er kam zu sich, als es plötzlich aufgehört hatte. Er öffnete die Augen. Die Bahn stand.

Lessing stand auf, gähnte und drehte den Kopf hin und her, um seine Nackenmuskeln zu lockern. In seinem Mund war ein bitterer Geschmack; am liebsten hätte er ausgespuckt. Er wischte über das Fenster, aber es war nichts zu sehen außer der Nacht, dem Schnee. Es war kalt; er schlug die Hände in den dicken Handschuhen zusammen und ging zum Ende des Waggons. Dort drehte er sich um und ging zum anderen Ende. Wie im Gefängnis, dachte er und versuchte zu lächeln.

Jetzt stand sie aber schon zu lange. Mein Gott, steckte diese unglückselige Bahn jetzt auch noch fest? Lessing bückte sich und starrte angestrengt hinaus.

Jetzt war es genug. Er würde nach vorne gehen, und der Fahrer würde ihm sagen, was los war. Und notfalls über Funk Hilfe rufen. Es war allerhöchste Zeit, dass er etwas tat! Er ging zu einer Tür und drückte fest auf den roten Knopf.

Und die Tür ging folgsam auf. Kälte und Wind schlugen ihm entgegen, und eine Wolke stechender Flocken hüllte ihn ein. Instinktiv trat er einen Schritt zurück, dann nahm er sich zusammen, klappte seinen Mantelkragen hoch und stieg hinunter, ins Freie.

Es war völlig dunkel, keine Straßenlaterne war zu sehen. Er hörte, wie die Tür hinter ihm sich schloss. Und dann, fast lautlos, – setzte die Bahn sich in Bewegung. Lessing fuhr herum und sah, wie die vorletzte und dann die letzte Tür und dann der hintere Scheinwerfer an ihm vorbeizogen und sich weiter und weiter entfernten. Unbeeindruckt von seinen Schreien. Da begann er zu rennen. Und als er nicht vorwärts kam, erkannte er plötzlich das Gefühl aus Hunderten Träumen wieder: Man läuft und läuft, und der Verfolger naht, und das Ziel entfernt sich, und obwohl man alle Kräfte aufbietet, ist man zu langsam und kann nicht schneller werden. Denn das Gewicht des Körpers ist ins Ungeheure gewachsen, die Erde zieht einen fester an sich, die Luft scheint schwerer zu wiegen und der Boden eine klebrige Masse zu sein. Ist es das, fragte er sich, während er sich gegen den Wind stemmte und sein eigenes Keuchen hörte, ist es wirklich bloß das? Wenn ich will, wann immer ich will – hört es auf…? Ungläubig lächelnd ließ er sich fallen. Und fiel. Die Welt um ihn wich zurück; er fühlte, wie der Augenblick sich dehnte und die Wirklichkeit sich in eine andere Wirklichkeit schob. Und dann nahm etwas Weiches und Weißes ihn auf und umhüllte ihn, und er wusste, dass er jetzt sicher war. Er öffnete die Augen. –

Die Straßenbahn war nur noch ein heller Punkt, der kleiner wurde, sich ins Gelbliche verfärbte und erlosch. Seine Augen waren von Schnee verklebt, er rieb sich mit der Hand über das Gesicht, aber das half nicht, denn auch der Handschuh war voll Schnee, genau wie sein Mantel, seine Hose, alles. Er versuchte aufzustehen, aber das war nicht leicht; er lag ausgestreckt in der kalten, festen Masse, die ihn nicht loslassen wollte. Als er sich dann doch aufgerichtet hatte, verlor er das Gleichgewicht, taumelte zurück und stürzte von Neuem.

Seine Augen gewöhnten sich an die Dunkelheit. Er stand auf einer weiß schimmernden Fläche; der Wind riss Schnee in die Höhe, um ihn als pulvrigen Staub wieder loszulassen; es sah aus, als ob scharfgezackte Wellen über die Erde liefen. Auf einer Seite konnte er Bäume ausmachen, auf der anderen die Umrisse von etwas Großem und Eckigem.

Häuser? Ja, wahrscheinlich – es mussten Häuser sein; eine Straßenbahn entfernt sich nicht von der Stadt. Jetzt fiel ihm auf, dass er nichts mehr auf dem Kopf trug. Er musste beim Fallen seine Pelzmütze… – Sie war nirgends zu sehen, der Schnee hatte sie wohl schon zugedeckt.

Und er ging los. Auf die Häuser zu. Der Wind schien jetzt aus keiner bestimmten Richtung mehr zu kommen, sondern von überall auf ihn einzustürzen; es gab nichts mehr außer tosender, weiß-durchtränkter Dunkelheit. Ein Ende seines Schals hatte sich gelöst und flatterte hinter ihm her wie eine ärmliche kleine Fahne. Als er danach griff, war es schon hartgefroren. Der Schnee reichte bis hinauf zu seinen Knien, dann wurde er niedriger, dann wieder höher. Es war, als ob er durch etwas Flüssiges watete, das ihm entgegenströmte, um ihn mit sich zu reißen. Er blieb stehen und versuchte sich zurechtzufinden: Die Häuser vor ihm waren verschwunden. Er drehte sich langsam, und da waren sie wieder. Rechts von ihm und kaum näher gerückt. Er versuchte nicht mehr, sein Gesicht zu schützen; der Schmerz war jetzt erträglich. Plötzlich fielen ihm Mühlheim ein und Hansen und Frau Dr. Köhler, und er schüttelte den Kopf über die Idee, dass er noch vor Kurzem bei ihnen gesessen haben sollte, über Zahlen und Kalkulationen und Prognosen … Nein, sie selbst waren absurd;

sie waren eine unglaubhafte Erfindung; er hatte sie nie gesehen; es gab sie nicht; es gab nichts außer dem Chaos dieser Nacht. Selbst der Gedanke an seine Familie, seine Frau und die drei Kinder, hatte etwas Abstraktes, Überflüssiges. Und er schob ihn zur Seite.

Die Müdigkeit rann durch seinen Körper, vom Nacken, der den Kopf nicht mehr aufrecht halten konnte, durch die Schultern in die Lunge (zum ersten Mal wurde ihm klar, dass Tonnen und Tonnen von Luft auf ihm lagen, die bei jedem Einatmen weggedrückt werden mussten) und hinunter in seine Beine, die sich schwach anfühlten und immer schwächer. Aber er durfte nicht stehen bleiben, und vor allem durfte er nicht mehr fallen. Warum hatte der Mann ihm zugewinkt? Jetzt wurde der Schnee wieder tiefer.

Und auf einmal verstand er. Er musste nicht weiter. Es war vorbei.

Er blieb stehen, legte den Kopf in den Nacken und starrte in das Flimmern über ihm. Das Flimmern und das unendliche, schwarze Gewölbe. Während seine Beine einknickten, streifte ihn sein vergangenes Leben wie ein vorbeiwehender Ton, wie der Schatten einer Erinnerung; als der Schnee ihn auffing, wusste er schon nichts mehr davon. Mit seiner letzten Kraft rollte er sich auf den Rücken. Dann sah er hinauf, hörte zu, wie sein Herz in einen seltsamen Rhythmus fiel, und spürte, wie die Kühle sich auf seine Wimpern und seine Lippen legte. Hinter dem Sturm verbarg sich eine große Ruhe. Lessing lächelte und schloss die Augen. Er war noch nie so glücklich gewesen.

Angelika Overath

Kleines Senter Schneetagebuch

Montag, 13. Februar 2023. Der Schnee ist nicht gekommen.

Das letzte Mal hat es am 5. Februar geschneit, und auch da nur wenige Zentimeter. Schwarzeis auf dem Silsersee. Normalerweise würden Franziska und ich heute an ihrem freien Nachmittag dort Langlaufen gehen. Einkehren in Isola. Im Abendlicht zurück. Und man gleitet im Kranz der weißen Berge durch einen Farbkasten, der Himmel in Rosa, Gold, Türkis, die Schneefläche des Sees ein glitzerndes Aquarell. Ich werde Franziska im Bogn Engiadina treffen. Sauna, Schwimmen.

16. Februar. Im Dorf sind wir alle unruhig. Schneenervosität. Die Sonne scheint. Der Himmel ist stahlblau, wolkenlos. Das ist schön. Und das irritiert. Die elf Kilometer lange Abfahrt, die »Traumpiste« von Salaniva (2710 m) nach Sent (1440 m), ist im unteren Teil präpariert. Aber man sollte sie vor dem Mittag fahren, und auch dann

gibt es schon offene Stellen, an denen Steine und Erde durchkommen. Wie lange werden sie diese Strecke halten können?

Die plötzliche Kraft der Sonne, wie im Frühling. Die Wespen kommen ins Haus. Die Nachbarin, die etwas höher in der Nähe der Ställe wohnt, sagt, sie habe das ganze Zimmer voller Fliegen.

Im Schatten ist der Schnee auf den Dächern samtig, in der Sonne wie lackiert. Der Schnee ist noch weiß, die Luft ist rein, aber er hat Konturen eines Altseins; abgerutschte Flächen bilden Wellen, kantige Einbuchtungen, manchmal, wenn die Dächer steiler sind, auch Risse.

Den täglichen Wintersportbericht bekomme ich als Mail: Schneehöhe auf der Motta 39 cm. 46 % der Pisten werden beschneit. Temperaturen zwischen 4 und minus 2 Grad.

16. Februar. Der Schnee ist die Zeit des Friedhofs. Dann liegen die Gräber unter der weißen Decke. Sie schlafen. Ab und an schaut ein Stück Stein hervor, mit einem Stern. Oder von der Schulter eines Engels schmilzt es. Immer wieder habe ich auf dem Senter Friedhof fotografiert. Es gibt die Gräber der Einheimischen, einfache Steine, ausgesucht in den Bergen, auf denen oft nur der Name des Toten steht, und neben ihnen die glänzenden Marmorgrabstätten der Randulins, der »Zuckerbäcker«, die einst als Wirtschaftsemigranten in Italien ihr Glück machten. Und zu Hause begraben sein wollten. Auf ihre Initiative geht der Friedhof zurück. (Der alte Friedhof neben der Kirche wurde zu klein.)

Vor dem Friedhof treffe ich Maria mit dem Hund an der Leine. Ich war verreist, habe erst spät vom Tod ihres Mannes erfahren. Wir setzen uns auf die Bank. Ob er leicht gestorben sei? Sie lächelt. Sehr. Sie hatten das auch besprochen. Es sei schon erstaunlich gewesen, wie er das Glas ausgetrunken habe und wusste, dass er in drei Minuten tot sein würde. »Und dann haben wir mit einem Schnäpsle noch einmal ›Viva‹ gemacht.« Wie? »Ja, nachdem er das Zeug getrunken hatte. Mit einem Schnäpsle.« Und er habe sich zurückgelehnt und entspannt. »Er wuchs.« Er wuchs? Ja, er sei doch am Schluss immer verkrampft gewesen, in sich versunken. »Und nun wuchs er. Ich wusste gar nicht, was für einen großen Mann ich habe.«

18. Februar. Laut Wintersportbericht sind die Temperaturen auf der Motta um 0 Grad und auch wärmer. Schneehöhe 38 cm.

Ferdinand, der Sohn von Nana aus Basel, und seine Freundin Laura sind seit gestern da. Ein Wochenende Skifahren. Am Abend kommen sie glücklich und mit roten Wangen zurück. Wir essen Raclette. Die Pisten seien gut präpariert. Und die

Traumpiste? Sie nicken. Also man habe schon ein wenig aufpassen müssen, aber nein, nicht abschnallen! Und man sei auch nie gezwungen gewesen, über Dreck zu fahren. Laura kommt aus Norddeutschland. Dort gebe es auch ein Skigebiet. Sie ruft es auf dem Handy auf. Ich lese: »Das Skigebiet Bungsberg befindet sich im Landkreis Ostholstein (Deutschland, Schleswig-Holstein). Zum Skifahren und Snowboarden stehen 0.2 km Pisten zur Verfügung. 1 Lift befördert die Gäste. Das Wintersportgebiet liegt auf eine Höhe von 140 bis 168 m.« Dies sei die höchste Erhebung der »Holsteinischen Schweiz«. Und das nördlichste Skigebiet Deutschlands. Gefälle 17 %, Abfahrtszeit etwa 20 Sekunden. Wenn der Schlepplift in Betrieb war, kamen am Tag mehrere Hundert Schneebegeisterte aus Kiel, Lübeck, Hamburg. »Theoretisch kann der 250 m lange Stahlseillift mit seinen 34 verzinkten Schleppstangen bis zu 600 Menschen pro Stunde zum Gipfel befördern.«

22. Februar. Der Himmel ein geschecktes Lammfell. Graue Wolkenflecken umflimmert von einer schmalen Aura aus Licht. Dazwischen kleine, hellblaue Löcher. Das Ganze auch wattig. Schneehimmel?

Die Sentabfahrt ist noch offen. Schneehöhe auf der Motta Naluns: 34 cm.

Im neuen *Piz*-Magazin lese ich, dass die Bergbahnen Scuol ein »GPS- und computergestütztes Snow-Management« betreiben. Mit modernen Pistenfahrzeugen kann die jeweilige Schneehöhe des Untergrunds sehr genau bestimmt werden, das erlaubt ein gezieltes Beschneien. Im Magazin ist von »technischem Schnee« die Rede.

23. Februar. Im Netz sehe ich, dass die drei wunderbaren Seeloipen (Sils - Isola; Plaun da Lej - Isola; Plaun da Lej - Sils Baselgia) geschlossen sind. Wird dies der erste Winter sein, in dem ich nicht mit Franziska auf Langlaufskiern über den See fahre?

Franziska hat die Langlaufskier im Auto, ich habe meine nicht dabei. Wir finden beide, dass wir es richtig gemacht haben: Sie skatet, und das wäre auf dem leicht mit Schnee bezuckerten, einst präparierten Loipenstück auf dem See möglich. Ich fahre klassisch und sehe, zumindest auf dem See, keine Loipenspuren. Wir gehen nebeneinander her nach Isola. Immer wieder kommt die Sonne hervor. Eingewickelt in Decken essen wir Apfelkuchen auf der Restaurant-Terrasse. Den Glühwein trinken wir langsam, damit er unsere Hände noch wärmen kann. Vor der Silhouette der weiß-grau schraffierten Berge lässt ein Junge einen roten Drachen steigen. Dann kommt der Nebel. »Malojaschlange«, sagt Franziska. Auf einmal wird es sehr kalt. Auf dem Rückweg alles nun nebelweiß. Eine kleine Bauminsel im See taucht auf wie eine Kulisse. Vereinzelt im Dunst sehen wir Langläufer als elegante Schemen, langbeinige Insekten.

In Sils Baselgia ist das Robbi-Museum noch offen. Die Ausstellung »Alpenfließen« widmet sich den Veränderungen der Landschaft. Auf Fotografien sehen wir, wie sich die Gletscherzunge des Morteratschgletschers zurückzieht. Das haben wir auch mit eigenen Augen gesehen. In einer Vitrine liegen frühe Glasdiapositive (um 1900) von Eiskristallen, Schneekristallen, Hagelkörnern. Filigrane Wunder, mal an Sterne erinnernd, mal an Splitter, dann wieder an Blätter, ja an Quallen. Forscher vermuten, dass es im Universum keine zwei Schneeflocken gibt, die identisch sind. Wasser kondensiert an Partikeln in der Luft. H_2O sucht sich Moleküle, die zu ihm passen. In der Kälte entwickeln sich dann, Molekül für Molekül, Schneeflockenkristalle. Es schneit. Kunstschnee hat mit Schnee im Grunde nichts zu tun. Um künstlichen Schnee herzustellen wird Wasser in einem Luftstrom unter Druck abgekühlt; auf diese Weise entstehen keine Schneekristalle, sondern Eispartikel. Kunstschnee hat eine viel höhere Dichte als Naturschnee. Deshalb schmilzt er langsamer. Unter der festen Decke des ›technischen Schnees‹ ringen Gräser und Blumen lange, bevor es ihnen gelingt, durchzubrechen.

25. Februar. Gestern Abend ist Nana aus Basel gekommen. Zum Skifahren. Am Morgen Nebel. Keine Berge zu sehen. Gegen 8.30 Uhr klart es etwas auf. Es schneit ganz leise in die morgendlichen Strahlen hinein. Am Himmel zeigen sich immer wieder Felder von Blau. Dann verdichtet sich das Grau erneut. Schlieren, Sonnenspiele.

Nana nimmt den Bus um 9.11 Uhr hinunter nach Scuol zur Gondel. Die Talabfahrt nach Sent ist noch offen. Schneehöhe auf der Motta: 30 cm. Auf dem Nachbardach, das nach Osten zeigt, liegt kein Schnee mehr. Über das Nachbardach, das nach Norden weist, zieht sich noch ein gewelltes Restschneeband, wie ein Zitat.

15.15 Uhr, Sonne, blauer Himmel, einige weiße Wolken. Nana kommt zurück. »Und«, frage ich, »wie war die Traumpiste?« Sie sagt: »Oben braun und steinig, in der Mitte auch, unten ein weißes Band durch braune Wiesen hindurch.« »War's schön?« Sie nickt. »Oben auf Champatsch gab es kleine Neuschneemengen, und bis Mittag konnte man gut bis Prui hinunterfahren, auch wenn es ein wenig matschig war.«

Später: Sonniger Abend. Es hat nicht geschneit.

Manfred, mein Mann, erzählt: »Im Fußballstadion Berlin musste das Spielfeld mit Schneemaschinen geräumt werden. Der polnische Torwart des unterlegenen FC Augsburg sagte, er habe den Schuss, der zum 0:1 führte, im Schneegestöber nicht kommen sehen.«

In den Nachrichten die Meldung, Kalifornien habe dreieinhalb Meter Schnee.

26. Februar, 9 Uhr. Draußen leichte Sonne und schneebestäubte Dächer. Auch das Dach, das gegen Osten zeigt, hat einen weißen Schimmer auf den roten Ziegeln. Das Blechdach gegen Norden ist weiß. Aber man sieht, dass die Schneeschicht dünn ist. Schneebericht: 32 cm auf der Motta. Bevor Nana abfährt, schaut sie in den Wetterbericht. Für Basel sind heut zu 80 % Schneefall angesagt.

28. Februar. Auf Mallorca sei die Schneefallgrenze bei 300 Metern, man rechnet, dass es bis auf Meereshöhe schneien könnte.

Freundinnen aus Tübingen sind gekommen. Sie loben die Verhältnisse auf Champatsch. Die Traumpiste nennen sie ab der Sömmibar ein »Schneeinselhopping«. Und der Schnee bremse. Man müsse wahnsinnig aufpassen, Eisplatten und aufgeworfener Schnee, sulzige, braune Stellen und Steine. Grasnarben schauten heraus. Aber dann gäbe es auch wieder schöne Passagen, im Schatten. Und wo künstlich beschneit werde, sei die Illusion von Wintersport noch vorhanden. »Absurd«, sagt

Sabine. Gudrun und Renate wiegen den Kopf. Alle drei gehen morgen wieder hinauf.

Am letzten Tag wollen sie auf der Prui-Terrasse einen Prui-Kaffee trinken, mit Amaretto und Sahne, oder einen Pflümlischümli.

2. März. Erica carnea, Schneeheide, sagt mein Sohn Matthias, der Staudengärtnerlehrling. Man sähe es gut, wenn man mit der Gondel hochfährt. Auch unterhalb des Sessellifts von Ftan nach Prui. Überall, wo der Schnee schmilzt, fange es an zu blühen.

3. März. Schneehöhe auf der Motta 28 cm. Noch alle Talabfahrten offen. Das Schneeband auf dem Blechdach gegen Norden hat sich in dicke Zuckergussflecken verwandelt, wie auf einem Krapfen.

Samstag, 4. März. Stahlblauer Himmel. Gudrun erzählt. Oben, beim Schlepplift Champatsch, schwebte auf dem planen Himmelsblau eine einzige riesige Wolke und aus ihr kamen winzige Schneeflocken geflogen. Sie schmolzen im Gesicht. (Für heute war sehr schlechtes Wetter angekündigt.)

Im Lift sei sie neben einem Jungen gesessen, vielleicht sieben Jahre alt. Er trug eine Medaille um den Hals, vom Freitags-Skirennen. Er erzählte ununterbrochen von seiner Abfahrt, wie er das gemacht habe. Es sei so cool gewesen. Skifahren ist cool, habe sie ihn bestätigt. Ja, habe er geantwortet, Skifahren ist so cool. Und dann strahlte er sie an: Aber es gibt noch was, das cooler ist. Und? Da habe er gegrinst: Viel cooler sei es, neben dem Papi auf dem Traktor zu sitzen.

Montag, 6. März. Die Traumpiste ist gesperrt. Auf der Motta 25 cm Schnee.

Mittwoch, 8. März. Die letzten Schneeplatten vom Dach gegenüber sind abgerutscht, am Schluss standen sie über das Blech wie unkorrigierte Schneidezähne. Seit Tagen ist schlechtes Wetter angekündigt. Und die Sonne scheint.

Samstag, 11. März. Nebel, die Berge sind verschwunden. Auf der Motta Naluns 3 cm Neuschnee, 2 Grad. Auch in Sent 2 Grad. Als ich die Post reinhole, treffe ich Lehrer Andri mit seinem Enkel vor dem Haus. Auf der Straße ein Streiflein Schnee. Der Kleine tritt hinein und beobachtet die schwarzen Abdrücke, die sich zeigen, wenn gleich der Asphalt wieder durchscheint. »Schnee«, sagt er.

Und im grieselnden Schneefall verschwinden die beiden wie auf einer alten Leinwand.

Tove Jansson

Der Schnee

Als wir bei dem fremden Haus ankamen, begann der Schnee auf eine ganz neue Art zu fallen. Mengen von müden, alten Wolken öffneten sich über uns und ließen den Schnee einfach völlig unkontrolliert herunterstürzen. Es waren keine normalen Schneeflocken, sie fielen in großen, zusammengekleisterten Fladen herab, sie klammerten sich aneinander und sanken rasch zu Boden, und sie waren nicht weiß, sondern grau. Die Welt war schwer wie Blei.

Mama trug die Koffer herein und stampfte auf dem Fußabtreter und redete pausenlos, es gefiel ihr, dass alles hier so anders war. Aber ich sagte nichts, mir gefiel das fremde Haus nämlich nicht. Ich stand am Fenster und sah zu, wie der Schnee fiel und dass es nicht der richtige Schnee war. Der Schnee war nicht so wie in der Stadt. Dort bläst er schwarzweiß übers Dach oder fällt in himmlischer Ruhe und erzeugt schöne Bögen überm Salonfenster. Die Landschaft war ebenfalls gefährlich. Sie war nackt und offen und verschlang sämtlichen

Schnee, und die Bäume standen in schwarzen Reihen, die im Nichts endeten. Am Rande der Welt lag ein schmaler Waldrand. Alles war falsch. Im Winter hat man in der Stadt zu sein und im Sommer auf dem Land. Wir waren auf die verkehrte Seite geraten.

Das Haus war groß und leer, es hatte viel zu viele Zimmer. Alles war sehr sauber, und die Teppiche waren groß und weich wie Felle, sodass man seine eigenen Schritte nicht hörte.

Wenn man im allerhintersten Zimmer stand, konnte man all die anderen Zimmer hintereinander sehen, und das erzeugte ein melancholisches Gefühl, wie auf einem Bahnsteig. Das allerhinterste Zimmer war dunkel wie in einem Tunnel, bis auf die schwach schimmernden Goldrahmen und den sanft funkelnden Spiegel, der zu hoch hing. Alle Lampen waren mild und diffus und verbreiteten einen sehr kleinen Lichtkreis. Und wenn man rannte, war überhaupt nichts zu hören.

Draußen war es genauso – weich und verschwommen, und der Schnee, der nicht zu fallen aufhörte.

Ich fragte, warum wir eigentlich in dem großen Haus seien, erhielt aber keine befriedigende Antwort.

Die Person, die das Essen kochte, ließ sich fast nie blicken und sprach nichts. Unmerkbar huschte sie herein und dann wieder hinaus. Die Tür fiel geräuschlos hinter ihr zu und schwang, bevor sie endgültig zu war. Ich drückte meine Ablehnung dem Haus gegenüber dadurch aus, dass ich schwieg. Ich sagte nichts. Am Nachmittag wurde der Schnee immer grauer, er kam in Schwaden angetrieben, blieb an den Fensterscheiben kleben und rann dann hinab, worauf neue Schwaden aus der Dämmerung auftauchten und dasselbe taten. Sie kamen mir vor wie graue Hände mit hundert Fingern. Ich versuchte einer einzelnen mit dem Blick zu folgen, sie nicht aus den Augen zu lassen, während sie sank, sie breitete sich aus und fiel, schneller und schneller, ich starrte die nächste an, die fiel auch, und die nächste fiel, und die darauffolgenden fielen auch, und schließlich taten mir die Augen weh, und ich bekam Angst.

In sämtlichen Zimmern war es heiß, es waren genügend Zimmer da für ganze Scharen von Menschen, aber wir waren nur zu zweit. Ich sagte nichts.

Mama war glücklich, sie lief durch die Zimmer und rief: »Welch ein Friede! Und überall so schön warm!« Dann setzte sie sich an einen großen glänzenden Tisch und begann zu zeichnen. Sie entfernte die Spitzendecke, breitete ihre Illustrationen aus und öffnete das Tuschefass.

Da ging ich die Treppe hinauf. Die Treppe knackte und knarrte und gab eine Menge Geräusche von sich, wie Treppen es eben an sich haben, wenn eine Familie sehr lange auf ihnen hinauf- und hinabgegangen ist. Das ist gut so, genauso muss es sein. Man weiß genau, welche Stufen knarren und welche nicht, und wo man hintreten soll, wenn man nicht gehört werden will. Das Einzige, was ich daran auszusetzen hatte, war, dass es nicht unsere Treppe war. Es war eine fremde Familie gewesen, die hier hinauf- und hinabgegangen war. Daher war mir die Treppe unheimlich.

Im oberen Stock brannten sämtliche Lampen überall genauso sanft wie unten, alle Zimmer waren warm und aufgeräumt, und die Türen standen offen. Nur eine einzige Tür war zu. Dahinter war es kalt und dunkel, dort befand sich der Speicher. Hier lagen die Sachen der anderen Familien in Truhen und Kisten, die Mottensäcke hingen in langen Reihen und waren oben leicht verschneit.

Jetzt hörte ich den Schnee. Er fiel die ganze Zeit, weich und drohend, er flüsterte und raschelte vor sich hin, und in der einen Ecke des Speichers war er auf den Boden hereingekrochen. Hier oben war die andere Familie so stark spürbar, dass ich die Speichertür schloss, wieder hinunterging und sagte, dass ich schlafen wolle. Eigentlich wollte ich überhaupt nicht schlafen, aber ich fand es besser so. Dann brauchte ich nichts zu sagen. Das Bett war breit und leer, genau wie die Landschaft ringsum. Die Bettdecke war wie eine Hand. Man sank und sank unter einer großen, weichen Hand bis an den Grund der Welt. Nichts war wie zu Hause, so wie hier war es nirgends.

Am nächsten Morgen schneite es unverändert weiter. Mama war mit der Arbeit gut vorangekommen und war vergnügt. Sie brauchte nicht zu heizen, kein Essen zu kochen und sich um niemanden Sorgen zu machen. Ich sagte nichts.

Ich begab mich in das allerhinterste Zimmer und begann den Schnee zu bewachen. Ich hatte eine große Verantwortung und musste genau wissen, was er tat. Seit gestern war er gestiegen. Tausend Tonnen nassen Schnees waren die Scheiben hinuntergerutscht, man musste auf einen Stuhl hinaufklettern, um die lang gestreckte, graue Landschaft sehen zu können. Draußen war der Schnee ebenfalls gestiegen. Die Bäume waren dünner und ängstlicher geworden, und der Horizont hatte sich weiter nach hinten verzogen. Ich beobachtete das alles, bis mir klar geworden war, dass wir bald geliefert sein würden.

Dieser Schnee war fest entschlossen, so lange zu fallen, bis alles zu einer einzigen, großen, nassen Schneewehe geworden sein und niemand mehr wissen würde, was sich dahinter befand. Alle Bäume, alle Häuser würden versinken. Keine Straßen, keine Spuren, nur der Schnee, der fiel und fiel und fiel.

Ich ging auf den Speicher hinauf und hörte, wie er kam, wie er sich festsaugte, sich niederließ und wuchs. Ich konnte an nichts anderes mehr denken als an den Schnee.

Mama zeichnete.

Ich baute mir ein Haus aus den Sofapolstern und sah Mama ab und zu durch ein Guckloch zwischen den Polstern an. Sie fühlte es und fragte: »Geht's dir gut?«, während sie weiterzeichnete. Und ich antwortete: »Ja, ja.«

Dann kroch ich auf allen vieren ins hinterste Zimmer, kletterte auf den Stuhl und sah, wie der Schnee auf mich zusank. Inzwischen hatte sich der ganze Horizont unter den Rand der Welt verkrochen. Der Waldrand war nicht mehr zu sehen, er war nach unten gerutscht. Die Welt war gekentert, sie kippte sacht, jeden Tag ein Stückchen mehr –.

Die Idee war atemberaubend. Langsam, langsam drehte sich die von Schnee beschwerte Welt. Die Bäume und Häuser standen nicht mehr aufrecht. Sie standen schief. Mit der Zeit würde es schwierig werden, aufrecht zu gehen. Die Erdbewohner würden kriechen müssen. Wenn sie vergessen hätten, ihre Fenster einzuhängen, würden die von selbst aufgehen. Die Türen würden aufkippen. Die Regentonne würde umkippen, über den endlosen Acker rollen, über den Rand der Welt hinaus. Die ganze Welt war voller Sachen, die umherrollen, gleiten und fallen würden. Die großen Sachen würden angedonnert kommen, man würde sie schon von Weitem hören, es käme nur darauf an, zu berechnen, wo sie entlangpoltern würden, um ihnen rechtzeitig aus dem Weg kriechen zu können – dann würden sie kommen, vorbeidröhnen, durch den Schnee holpern, wenn der Neigungswinkel der Welt zu groß würde, und schließlich ins Weltall hinausfallen. Kleine Häuser ohne Keller würden sich losreißen und davonwirbeln. Der Schnee würde nicht mehr fallen, sondern horizontal fliegen. Er würde nach oben fliegen und verschwinden. Alles, was sich nicht festhalten könnte, würde in den Weltraum hinauskullern, und der Himmel würde allmählich dunkel und schließlich schwarz werden.

Drinnen im Haus war der Fußboden zu einer Wand geworden, und alle Teppiche lagen in einem weichen Wall unter den Fenstern. Wir krochen unter den Möbeln zwischen den Fenstern durch und hüteten uns davor, auf die Glasscheiben zu treten. Manchmal allerdings löste sich ein Bild oder ein Kerzenhalter von der Wand und fiel herunter und zerschmetterte eine Scheibe. Das Haus ächzte, und der Putz löste sich. Und draußen donnerten große, schwere Sachen vorbei, sie kamen durch ganz Finnland angerollt, von oben aus Rovaniemi, der nasse Schnee, der an ihnen haften geblieben war, während sie davonrollten, machte sie noch schwerer, und manchmal kamen Menschen vorbeigefallen und schrien dabei.

Der Schnee auf der Erde kam ins Rutschen. Er glitt in einer riesigen Lawine davon, die über den Rand der Welt hinauswuchs, ... o nein, nein!

Ich wälzte mich auf dem Teppich hin und her, um das Entsetzen zu vergrößern, schließlich sah ich, wie die Wand sich auf mich zuneigte und die Bilder von ihren Haken kippten.

»Was machst du?«, fragte Mama.

Da blieb ich ganz still liegen und sagte nichts.

»Soll ich dir eine Geschichte erzählen?«, fragte sie und zeichnete weiter.

Aber ich wollte keine andere Geschichte hören als meine eigene. So etwas kann man allerdings nicht sagen. Also sagte ich:

»Komm mit und sieh dir den Speicher an.«

Mama rieb die Tuschefeder trocken und kam mit. Wir standen ein Weilchen auf dem Speicher und froren, dann sagte Mama:

»Hier ist es so einsam«, also kehrten wir wieder in die Wärme zurück, und Mama vergaß zu erzählen. Dann ging ich ins Bett. Am nächsten Morgen war das Licht grün, das ganze Zimmer war von Unterwasserlicht erfüllt. Mama schlief. Ich stand auf und öffnete die Tür und sah, dass in sämtlichen Zimmern die Lampen brannten, obwohl es Morgen war, und das grüne Licht entstand durch den Schnee, der alle Fenster bis oben hin bedeckte. Jetzt war es passiert.

Das Haus war eine einzige große Schneewehe, die Erdoberfläche lag irgendwo hoch überm Dach. Bald würden auch die Bäume sich im Schnee verkriechen, bis nur die Wipfel herausschauten, dann würden auch die Wipfel verschwinden, und alles würde flach und eben werden. Ich sah es vor mir, ich wusste Bescheid. Da gab es kein Entrinnen.

Mir war sehr feierlich zumute, ich wurde ganz ruhig und setzte mich auf den Teppich vor dem Feuer im Kamin.

Mama war aufgewacht. Sie kam heraus und sagte: »Schau mal, wie komisch das aussieht mit dem Schnee vor den Fenstern«, sie begriff nämlich nicht, wie ernst die Lage war. Nachdem ich ihr erzählt hatte, was tatsächlich geschehen war, wurde sie sehr nachdenklich. »Eigentlich«, sagte sie nach einer Weile, »haben wir uns wie die Bären zum Winterschlaf in eine Höhle zurückgezogen. Niemand kann herein und niemand hinaus!« Ich sah sie prüfend an und begriff, dass wir gerettet waren. Endlich waren wir absolut sicher und geschützt. Der bedrohliche Schnee hatte uns für immer hier drinnen in der Wärme versteckt, und wir brauchten uns kein bisschen darum zu kümmern, was draußen geschah. Eine geradezu ungeheure Erleichterung erfüllte mich, ich rief: ichliebedich, ichliebedich, und nahm alle Polster und bewarf Mama damit und lachte und schrie, und Mama warf zurück, und schließlich lagen wir beide auf dem Teppich und lachten nur.

Dann begannen wir unser unterirdisches Leben. Wir wanderten im Nachthemd durchs Haus und machten nichts. Mama zeichnete nicht. Wir waren Bären, hatten uns den Magen mit Tannennadeln gefüllt und rissen alle in Stücke, die sich in die Nähe unserer Höhle wagten. Wir gingen äußerst verschwenderisch mit dem Holz um, warfen einen Scheit nach dem anderen in den Kamin, bis das Feuer beim Brennen dröhnte.

Manchmal brummten wir ein wenig. Die gefährliche Welt überließen wir sich selbst, sie war gestorben, war ins Weltall hinausgefallen. Mama und ich waren die Einzigen, die übrig geblieben waren.

Sie begannen beim hintersten Zimmer. Zuerst war ein bösartiges, scharrendes Geräusch wie von großen Schaufeln zu hören. Dann stürzte der Schnee vor dem Fenster herab und ließ überall graues Licht hereinströmen. Draußen stapfte jemand vorbei und kam ans nächste Fenster und ließ noch mehr Licht herein. Es war schrecklich.

Das scharrende Geräusch lief die ganze Fensterreihe entlang, bis die Lampen wie bei einer Beerdigung brannten. Draußen fiel der Schnee. Die Bäume standen unverändert schwarz in ihrer Reihe und fingen den Schnee auf, und der Waldrand war auch noch da. Wir zogen uns an. Mama setzte sich an den Tisch, um zu zeichnen.

Ein schwarzer Mann schaufelte draußen vor der Tür weiter, und plötzlich begann ich zu weinen und zu schreien: »Ich werd ihn beißen! Ich geh hinaus und beiße ihn!«

»Das ist unnötig«, sagte Mama. »Er würde es nicht verstehen.« Sie schraubte das Tuschefass wieder zu und fügte hinzu: »Vielleicht sollten wir doch wieder nach Hause fahren.«

»Ja«, sagte ich.

Und dann fuhren wir ab.

Gottfried August Bürger

Des Baron Münchhausens Schneeabenteuer

Ich trat meine Reise nach Russland mitten im Winter an, weil dann Frost und Schnee die Wege durch die nördlichen Gegenden von Deutschland, Polen, Kur- und Livland besser machen. Ich reiste zu Pferde, weil es die bequemste Art zu reisen ist. Ich war nur leicht bekleidet, also fror ich sehr, je weiter ich nach Nordosten kam.

Da traf ich auf einen armen, alten Mann, der in Polen auf einem öden Anger hilflos und schaudernd dalag. Der arme Teufel dauerte mir von ganzer Seele. Obwohl mir gleich selbst das Herz im Leibe fror, so warf ich dennoch meinen Reisemantel über ihn. Ich ritt weiter, bis Nacht und Dunkelheit mich überfielen. Nirgends war ein Dorf zu hören noch zu sehen. Das ganze Land lag unter Schnee; und ich wusste weder Weg noch Steg.

Dann stieg ich endlich ab und band mein Pferd an eine Baumspitze, die über dem Schnee hervorragte. Zur Sicherheit nahm ich meine Pistolen unter den Arm, legte mich nicht weit davon in den Schnee nieder und tat ein gesundes Schläfchen.

Wie groß war aber mein Erstaunen, als ich am nächsten Morgen fand, dass ich mitten in einem Dorf auf dem Kirchhofe lag! Die Sonne schien, aber mein Pferd war anfänglich nirgends zu sehen; doch hörte ich es bald irgendwo über mir wiehern. Als ich nun emporsah, bemerkte ich, dass es an den Wetterhahn des Kirchturms gebunden war und von da herunterhing. Das Dorf war nämlich die Nacht über ganz zugeschneit gewesen. Das Wetter war jedoch umgeschlagen und es hatte zu tauen begonnen. Ich war im Schlafe nach und nach ganz sanft hinabgesunken. Was ich in der Dunkelheit für den Stummel eines Bäumchens gehalten hatte, das war das Kreuz oder der Wetterhahn des Kirchturmes gewesen. Daran hatte ich mein Pferd gebunden, das nun in der Luft hing.

Ohne zu zögern nahm ich eine von meinen Pistolen, schoss nach dem Halfter, und kam glücklich wieder an mein Pferd und setzte meine abenteuerliche Reise fort.

Haruki Murakami

Der Eismann

Ich bin mit einem Eismann verheiratet.

Kennengelernt habe ich ihn in einem Wintersporthotel. Gibt es einen passenderen Ort, einem Eismann zu begegnen? Das Foyer war voll lärmender junger Leute, aber er saß möglichst weit vom Kamin entfernt in einer Ecke und las ein Buch. Es war schon beinahe Mittag, aber mir war, als ruhte auf ihm das gebündelte, kühle, frische Licht eines Wintermorgens. »Das ist ein Eismann«, flüsterte mir meine Freundin zu. Damals hatte ich nicht die mindeste Ahnung, was ein Eismann überhaupt war. Meine Freundin wusste es auch nicht. »Bestimmt ist er aus Eis«, sagte sie, »und sie nennen ihn deshalb so«, fügte sie mit ernster Miene hinzu, als spräche sie von einem Gespenst oder einem Patienten mit einer ansteckenden Krankheit.

Der Eismann war groß, und sein Haar sah irgendwie steif aus. Obwohl er noch ziemlich jung aussah, war sein drahtartiges Haar von weißen Strähnen durchzogen, die an liegen gebliebenen Schnee denken ließen. Seine Wangenknochen wirkten wie eisige Klippen, und seine Finger waren von Reif überzogen, der wohl niemals ganz abtaute. Sonst unterschied sich seine Erscheinung nicht von der anderer Männer. Man konnte ihn vielleicht nicht gerade als gutaussehend bezeichnen, dennoch fand ich sein Äußeres ansprechend. Etwas an ihm versetzte meinem Herzen einen Stich. Vielleicht waren es seine Augen. Sein Blick glich einem lautlosen, durchsichtigen Sonnenstrahl, blitzend wie ein Eiszapfen an einem Wintermorgen, der einzige echte Lebensfunke in seinem nicht für die Dauer geschaffenen Körper. Ich blieb stehen, um den Eismann aus der Ferne zu betrachten, aber er blickte kein einziges Mal auf. Er war so in sein Buch vertieft, dass er sich nicht einmal bewegte. Es machte fast den Eindruck, als wolle er sich seiner eigenen Einsamkeit versichern.

Am nächsten Nachmittag saß er wieder dort und las. Auch als ich zum Mittagessen in den Speisesaal ging und abends mit meinen Freundinnen vom Skifahren kam, saß er in der gleichen Haltung am selben Platz und las in seinem Buch. Und am nächsten Tag wieder. Von morgens bis abends saß er dort, unverändert wie die Winterlandschaft vor dem Fenster.

Am vierten Nachmittag erfand ich eine Ausrede, um nicht mit meinen Freundinnen auf die Piste zu müssen. Ich blieb im Hotel und schlenderte durch das Foyer, das nun, wo alle zum Skifahren draußen waren, wirkte wie eine verlassene Stadt. Der Raum war überheizt und feucht und von einem unangenehm dumpfen Geruch erfüllt, der von dem Schnee kam, den die Leute an ihren Schuhen hereintrugen und der in der Wärme langsam schmolz. Ich sah aus dem Fenster und blätterte ein paar Zeitungen durch. Schließlich ging ich spontan zu dem Eismann hinüber und sprach ihn an. Ich bin sonst sehr schüchtern und spreche selten mit Fremden, doch diesmal konnte ich nicht anders. Es war meine letzte Nacht im Hotel und damit auch die letzte Gelegenheit. Eine zweite würde sich sicher nicht ergeben.

»Sie laufen nicht Ski?«, fragte ich betont beiläufig. Mit einem Gesicht, als würde er auf das Rauschen eines fernen Windes lauschen, sah der Eismann langsam auf. Er schaute mich durchdringend an und schüttelte ruhig den Kopf.

»Nein«, sagte er. »Mir genügt es, zu lesen und den Schnee zu sehen.«

Seine Worte bildeten weiße Wolken, die in der Luft hängen blieben und mir wie Sprechblasen buchstäblich vor Augen standen. Sachte schabte er ein wenig Reif von seinen Fingern.

Da mir nichts mehr zu sagen einfiel, errötete ich. Der Eismann sah mir in die Augen. Er schien ganz leicht zu lächeln. Obwohl ich mir nicht sicher war.

Hatte der Eismann wirklich gelächelt? Oder war es mir nur so vorgekommen?

»Setzen Sie sich doch«, sagte er. »Wir können uns ein bisschen unterhalten. Sie scheinen sich für mich zu interessieren. Sie möchten wissen, was ein Eismann ist, nicht wahr?« Er lachte leise. »Keine Angst, Sie bekommen keine Erkältung, wenn Sie mit mir reden.«

Also unterhielt ich mich mit dem Eismann. Wir setzten uns auf eines der Sofas im Foyer und sprachen scheu miteinander, während wir den vor dem Fenster tanzenden Schneeflocken zuschauten. Ich bestellte eine heiße Schokolade. Der Eismann trank nichts. Er war ebenso schüchtern wie ich, und unser Gespräch kam nicht richtig in Gang. Natürlich fehlte es uns auch an gemeinsamen Themen. Zuerst redeten wir über das Wetter, dann das Hotel.

»Sind Sie allein hier?«, fragte ich. Er bejahte. Ob ich gern Ski fahre, erkundigte er sich. Nicht besonders, erwiderte ich. Meine Freundinnen wollten unbedingt, dass ich mitkomme. Eigentlich kann ich es gar nicht.

Ich hätte zu gern gewusst, was ein Eismann nun eigentlich war. War sein Körper wirklich aus Eis? Wovon ernährte er sich? Wo wohnte er im Sommer? Hatte er eine Familie? Solche Dinge eben. Leider erzählte der Eismann überhaupt nichts. Offenbar redete er nicht gern von sich.

Stattdessen sprachen wir nur von mir. Dabei stellte sich etwas Unglaubliches heraus: Der Eismann wusste so gut wie alles über mich. Wer zu meiner Familie gehörte, mein Alter, meine Hobbys, meinen Gesundheitszustand, auf welcher Schule ich gewesen war, wer meine Freundinnen waren, einfach alles. Selbst über Ereignisse, die so weit zurücklagen, dass ich sie selbst vergessen hatte, wusste er Bescheid.

»Ich begreife das nicht«, sagte ich, rot vor Verlegenheit. Ich hatte das Gefühl, nackt vor allen Leuten zu stehen.

»Woher wissen Sie das alles über mich?«, fragte ich. »Können Sie Gedanken lesen?«

»Nein, das nicht. Ich weiß diese Dinge einfach«, sagte der Eismann. »Ich kann so klar durch Sie hindurchsehen wie durch Eis.«

»Können Sie auch meine Zukunft sehen?«, fragte ich.

»Nein«, sagte der Mann ausdruckslos und schüttelte bedächtig den Kopf. »Die Zukunft interessiert mich nicht. Ehrlich gesagt, besitze ich keine Vorstellung von Zukunft. Wahrscheinlich weil Eis keine Zukunft hat. Nur Vergangenheit ist darin eingeschlossen. Eis kann alles so frisch erhalten, als wäre es lebendig. Eis bewahrt viele Dinge auf diese Weise auf. Rein und klar. Unversehrt. Das ist seine Aufgabe, sein Wesen.«

»Da bin ich ja froh«, sagte ich und lächelte erleichtert. Denn über meine Zukunft wollte ich lieber nichts erfahren.

Wieder in Tokio, verabredeten wir uns bald jedes Wochenende. Aber wir sahen uns weder Filme an noch setzten wir uns in ein Café. Wir gingen nicht einmal ins Restaurant, denn der Eismann aß so gut wie nichts. Meist saßen wir auf einer Parkbank und unterhielten uns. Wir hatten uns unendlich viel zu sagen. Dennoch sprach der Eismann kein einziges Mal von sich.

»Warum erzählst du mir nie etwas von dir?«, fragte ich. »Ich möchte so vieles wissen. Wo du geboren bist, wer deine Eltern sind, wie du ein Eismann wurdest.«

Der Eismann sah mich eine Weile an. Dann schüttelte er langsam den Kopf. »Ich weiß es nicht«, sagte er ruhig und fest und blies seinen harten weißen Atem in die Luft. »Ich habe keine Vergangenheit. Ich kenne zwar viele Vergangenheiten und bewahre sie, aber eine eigene habe ich nicht. Ich weiß nicht, wo ich geboren bin. Ich kenne meine Eltern nicht. Ich weiß nicht einmal, ob ich welche hatte oder wie alt ich bin. Oder ob ich überhaupt ein Alter habe.«

Der Mann war so einsam wie ein Eisberg in der Dunkelheit.

Ich begann ihn zu lieben. Und der Eismann liebte mich, mein gegenwärtiges Ich, ohne Vergangenheit und Zukunft. Auch ich liebte ihn, ohne an die Vergangenheit oder die Zukunft zu denken. Und wir fanden es wundervoll. Schließlich sprachen wir sogar von Heirat. Ich war erst zwanzig, und der Eismann war der erste Mann, in den ich mich ernsthaft verliebt hatte. Was es bedeutete, einen Eismann zu lieben, konnte ich mir damals nicht vorstellen. Aber ich wäre sicher ebenso ahnungslos gewesen, wenn er kein Eismann gewesen wäre.

Meine Mutter und meine ältere Schwester waren entschieden gegen unsere Heirat. »Du bist noch viel zu jung zum Heiraten«, sagten sie. »Außerdem wissen wir nichts über die Herkunft des Mannes. Nicht einmal, wo er geboren ist. Wie sollen wir das der Familie erklären? Und was, wenn er plötzlich schmilzt? Dir ist das vielleicht nicht klar, aber in einer Ehe geht es in erster Linie um Verantwortung. Wie kann ein Eismann ein verantwortungsbewusster Ehemann sein?«

Doch zumindest eine Sorge war unbegründet. Der Eismann war nicht wirklich aus Eis. Er war bloß so kalt wie Eis. Also schmolz er auch nicht, wenn es heiß wurde. Sein Körper bestand nicht aus Eis, er war nur sehr kalt, aber es war keine Kälte, die anderen Menschen die Wärme raubte.

Also heirateten wir. Es war eine Hochzeit ohne

Zeremonie. Niemand – weder meine Freunde noch meine Eltern und Geschwister – freute sich darüber. Es gab nicht einmal eine Hochzeitsfeier. Der Eismann hatte kein Stammbuch, also fiel auch das Standesamt aus. Wir beide beschlossen einfach, dass wir nun verheiratet seien. Wir kauften einen kleinen Kuchen und aßen ihn. Nur wir beide. Es war eine sehr stille Hochzeit. Wir mieteten eine kleine Wohnung, und der Eismann nahm eine Stelle in einem Kühlhaus an, in dem Rindfleisch gelagert wurde. Auch die strengste Kälte machte ihm nichts aus, und er arbeitete hart und unermüdlich. Er aß nicht einmal viel. Sein Chef war von ihm so angetan, dass er ihm ein höheres Gehalt zahlte als den anderen Angestellten. So führten wir ein ruhiges, glückliches Leben, niemand störte uns, und wir störten niemanden.

Sooft wir miteinander schliefen, musste ich an einen Eisblock denken. Es musste ihn geben, irgendwo stand er, einsam und still. Der Eismann wusste wahrscheinlich, wo. Das Eis war hart, etwas Härteres konnte es nicht geben, und es war der größte Eisblock der Welt. Er lag weit, weit fort, und der Eismann transportierte Erinnerungen in dieses Eis. Als ich die ersten Male mit ihm schlief, verwirrte mich das. Aber mit der Zeit gewöhnte ich mich daran, und ich liebte es, in seinen Armen zu liegen. Noch immer erzählte er nichts von sich.

Auch nicht, warum er ein Eismann geworden war. Ich fragte ihn auch nicht. Schweigend umarmten wir uns in der Dunkelheit und teilten den riesigen Eisblock, in dem Millionen von Jahren der Vergangenheit eingeschlossen waren.

Unser Eheleben war problemlos. Wir liebten uns sehr und blieben stets für uns. Die Leute in unserer Umgebung konnten sich zuerst nicht recht an ihn gewöhnen, aber mit der Zeit sprach ihn doch der eine oder andere an und schien zu begreifen, dass ein Eismann sich nicht so sehr von normalen Menschen unterscheidet. Ganz akzeptiert wurde er natürlich nie, und damit auch ich nicht, weil ich ihn geheiratet hatte. *Die* sind anders, fanden die Leute, und diese Kluft würde sich auch niemals schließen.

Wir konnten kein Kind bekommen. Vielleicht war das zwischen einer Frau und einem Eismann genetisch zu kompliziert. Ohne ein Kind hatte ich sehr viel Zeit für mich. Nach der Hausarbeit am Vormittag hatte ich nichts mehr zu tun. Freundinnen oder Bekannte in der Nachbarschaft, mit denen ich reden oder etwas unternehmen konnte, hatte ich nicht. Meine Mutter und meine Schwester waren wegen meiner Hochzeit mit dem Eismann noch immer verstimmt und sprachen nicht mit mir. Ich hatte der Familie Schande gemacht. Nicht einmal zum Telefonieren hatte ich jemanden. Solange der Eismann im Kühlhaus arbeitete, war ich zu

Hause allein, las und hörte Musik. Aus irgendeinem Grund gefiel mir das besser, als auszugehen. Allein zu sein machte mir eigentlich nichts aus. Ich glaube, es entsprach meinem Charakter. Allerdings war ich noch jung, und die Einförmigkeit meines Alltags ödete mich bald an. Es war jedoch nicht Langeweile, die mich plagte. Unerträglich fand ich nur die Eintönigkeit. Durch die ständige Wiederholung der gleichen Abläufe kam ich mir allmählich wie ihr Schatten vor. Also schlug ich meinem Mann eines Tages vor, zur Abwechslung eine Reise zu unternehmen. Er sah mich nachdenklich an. »Warum willst du verreisen? Bist du hier mit mir nicht glücklich?«, fragte er.

»Doch, natürlich«, sagte ich. »Das hat nichts mit uns zu tun. Ich langweile mich nur ein bisschen. Ich würde gern einmal weit fortfahren und etwas sehen, das ich noch nie gesehen habe. Luft atmen, die ich noch nie geatmet habe. Kannst du das verstehen? Wir haben doch keine Hochzeitsreise gemacht. Geld haben wir auch genug gespart, und Urlaub hast du auch noch eine Menge. Wir könnten in aller Ruhe verreisen.«

Der Eismann stieß einen langen, frostigen Seufzer aus, der sich in der Luft in klirrende Eiskristalle verwandelte. Er verschränkte die langen, bereiften Finger im Schoß. »Also gut«, sagte er. »Wenn du so gerne verreisen möchtest, habe ich nichts dagegen.

Ich finde Reisen nicht besonders toll, aber um dich glücklich zu machen, würde ich alles tun und überall hinfahren. Im Kühlhaus geben sie mir bestimmt Urlaub, denn ich habe die ganze Zeit schwer gearbeitet. Wohin möchtest du denn?«

»Was hältst du vom Südpol?«, fragte ich. Den Südpol hatte ich gewählt, weil es dort kalt war und der Eismann sich bestimmt dafür interessierte. Und ehrlich gesagt, wollte ich selbst schon immer einmal dorthin. Um das Polarlicht und die Pinguine zu sehen. Ich sah schon vor mir, wie ich, in einen Pelzmantel mit Kapuze gehüllt, unter dem Polarlicht mit einer Schar Pinguine spielte.

Als ich das sagte, sah mir der Eismann, ohne zu blinzeln, tief in die Augen. Sein scharfer Blick drang durch meine Augäpfel in den hintersten Winkel meines Gehirns. Einen Moment lang überlegte er schweigend. Dann sagte er mit blitzender Stimme: »Gut, wenn du zum Südpol willst, fahren wir auch hin. Du möchtest wirklich dorthin, ja?«

Ich nickte.

»In zwei Wochen kann ich einen längeren Urlaub nehmen. Bis dahin könntest du alles für die Reise vorbereiten. Meinst du, das geht?«

Ich konnte nicht sofort antworten. Sein Eiszapfenblick hatte mein Gehirn eingefroren und lahmgelegt.

Mit der Zeit bereute ich es jedoch, meinem Mann

die Reise zum Südpol vorgeschlagen zu haben. Warum, weiß ich nicht. Seit ich den Südpol erwähnt hatte, schien eine Veränderung in ihm vorzugehen. Seine Blicke wurden schärfer und noch eiszapfenhafter als früher, sein Atem weißer und der Reif auf seinen Händen dicker. Er wurde auch schweigsamer und sturer. Er aß nun überhaupt nichts mehr. All das verunsicherte mich. Fünf Tage vor unserer geplanten Abreise beschloss ich, mit ihm zu reden.

»Ich finde, wir sollten lieber doch nicht zum Südpol fahren«, sagte ich. »Das Klima ist bestimmt viel zu kalt und gar nicht gesund. Ich finde, wir sollten an einen normaleren Ort reisen. Nach Europa vielleicht. Spanien wäre sicher erholsamer. Wir könnten Wein trinken, Paella essen und sogar Stierkämpfe sehen.« Aber mein Mann hörte nicht auf mich. Er sah mich wie aus weiter Ferne an und blickte mir dann tief in die Augen, so tief, dass ich fast das Gefühl hatte, ich würde mich auflösen.

»Nein«, sagte mein Mann, der Eismann, entschieden. »Ich will nicht nach Spanien. Tut mir leid, aber für mich ist es dort zu heiß und staubig. Und das Essen ist zu scharf. Außerdem habe ich unseren Flug zum Südpol schon gebucht und einen Pelzmantel und Fellstiefel für dich gekauft. Das wäre doch Verschwendung. Wir können jetzt nicht mehr zurück.«

Ehrlich gesagt, hatte ich Angst. Ich ahnte, dass

etwas Unwiderrufliches geschehen würde, wenn wir zum Südpol führen. Immer wieder hatte ich den gleichen schrecklichen Traum: Ich gehe spazieren und falle in ein tiefes Loch. Ich werde nicht gefunden und gefriere zu Eis. Von Eis umschlossen, starre ich in den Himmel. Ich bin bei Bewusstsein, kann jedoch keinen Finger rühren. Es ist ein grauenhaftes Gefühl. Ich merke, wie ich zunehmend zu Vergangenheit werde. Ich habe keine Zukunft. Nur immer mehr Vergangenheit lagert sich ab. Und alle sehen mich. Sie sehen Vergangenheit, sehen zu, wie ich rückwärts entschwinde.

Dann wachte ich auf. Neben mir schlief – lautlos, wie etwas Totes, Gefrorenes – der Eismann. Aber ich liebte den Eismann. Ich weinte. Meine Tränen fielen auf seine Wangen. Er wachte auf und nahm mich in die Arme. »Ich habe schlecht geträumt«, sagte ich. In der Dunkelheit schüttelte er langsam den Kopf. »Es war nur ein Traum«, sagte er. »Träume kommen aus der Vergangenheit, nicht aus der Zukunft. Du darfst dich nicht von ihnen beherrschen lassen, du musst sie beherrschen. Verstehst du?«

»Ja«, sagte ich. Aber ich war nicht überzeugt.

Schließlich stiegen mein Mann und ich ins Flugzeug zum Südpol. Ich hatte keinen Grund gefunden, die Reise abzusagen. Die Piloten und Stewardessen im Flugzeug zum Südpol waren äußerst wortkarg. Ich hätte gern aus dem Fenster geschaut, aber wegen der dicken Wolken war nichts zu sehen. Außerdem war das Fenster bald völlig von einer Eisschicht überzogen. Mein Mann schwieg die ganze Zeit und las in einem Buch. Alle Freude und alles Interesse an der Reise waren mir vergangen. Geblieben war nur das Gefühl, etwas einmal Beschlossenes pflichtgemäß zu erledigen.

Als wir die Gangway hinuntergingen und erstmals Fuß auf den Südpol setzten, durchlief ein heftiges Zittern den Körper meines Mannes. Es dauerte nicht länger als ein Wimpernschlag, sodass außer mir niemand etwas davon bemerkte. Obwohl sich seine Miene dabei nicht im Geringsten verändert hatte, war es mir nicht entgangen. In ihm war etwas kaum merklich ins Wanken geraten. Ich musterte ihn von der Seite. Er war stehen geblieben und schaute zuerst in den Himmel, dann auf seine Hände. Schließlich stieß er einen tiefen Seufzer aus. Er sah mich an und lächelte. »Hierher wolltest du also?«, fragte er. »Ja«, sagte ich.

Ich hatte schon so etwas geahnt, aber nun war der Südpol noch viel einsamer, als ich es mir vorgestellt hatte. Kaum jemand lebte dort. Es gab nur einen gesichtslosen, winzigen Ort mit einem ebenso gesichtslosen, kleinen Hotel. Der Südpol ist kein Touristenziel. Nicht einmal Pinguine waren da. Vom Polarlicht war auch nichts zu sehen. Als ich fragte, wo man denn Pinguine sehen könne, schüttelten die Leute nur stumm den Kopf. Offenbar konnten sie mich nicht verstehen, also zeichnete ich ein Bild von einem Pinguin auf ein Blatt Papier. Aber auch das rief nur stummes Kopfschütteln hervor. Ich fühlte mich sehr einsam. Kaum ging man einen Schritt vor den Ort, sah man nichts als Eis und Schnee. Es gab keine Bäume, keine Blumen, weder Flüsse noch Teiche. Überall nur Eis. So weit das Auge reichte, eine einzige Eiswüste.

Doch mein Mann mit seinem weißen Atem, seinen bereiften Fingern und dem fernen, eiszapfenscharfen Blick erkundete unermüdlich und voller Energie die Umgebung. Er lernte mühelos die Sprache und unterhielt sich bald in ihrem harten, klirrenden Tonfall mit den Bewohnern des Ortes. Stundenlang redeten sie mit ernsten Mienen aufeinander ein. Doch ich konnte nicht verstehen, worüber sie sich so angeregt unterhielten. Mein Mann ging völlig in der neuen Umgebung auf. Sie schlug ihn ganz in ihren Bann. Am Anfang ärgerte ich mich darüber, denn ich hatte das Gefühl, auf der Strecke zu bleiben, fühlte mich hintergangen und vernachlässigt.

Nach und nach verließ mich jedoch in dieser eisbepackten, stummen Welt alle Kraft, bis ich am Ende sogar zu schwach war, mich über meine Lage aufzuregen. Anscheinend hatte ich sogar den

Kompass meiner Gefühle verloren: meinen Orientierungssinn, mein Zeitgefühl und das Gefühl für die Bedeutung meiner eigenen Existenz. Ich wusste nicht, wann das angefangen hatte und ob es wieder vorbeigehen würde. Doch ehe ich mich's versah, war ich ganz allein in der Farblosigkeit des ewigen Winters in dieser eisigen Welt eingeschlossen. Doch auch nachdem ich schon jedes Gefühl verloren hatte, wusste ich, dass *mein Mann hier am Südpol nicht der Mann war*, den ich kannte. Ich konnte nicht genau sagen, was anders an ihm war, denn er war noch immer aufmerksam und hatte liebevolle Worte für mich, die, das wusste ich, auch von Herzen kamen. Aber ich wusste auch, dass er ein anderer war als der Eismann, den ich damals in dem Skihotel kennengelernt hatte. Doch bei wem sollte ich mich beklagen? Die Menschen am Südpol konnten ihn alle sehr gut leiden, und ganz abgesehen davon, hätten sie sowieso kein Wort verstanden. Alle stießen weißen Atem aus, hatten bereifte Gesichter, scherzten, diskutierten und sangen in der klirrenden Sprache des Südpols. Also verkroch ich mich allein im Hotelzimmer, starrte in den grauen Himmel, der monatelang nicht aufklarte, und büffelte die schrecklich komplizierte Grammatik der Südpolsprache (die ich nie lernen würde).

Auf dem Flugplatz waren keine Flugzeuge mehr. Seit unseres uns abgesetzt hatte, war keines mehr gelandet, und die Rollbahn war inzwischen unter einer dicken Eisschicht begraben. Wie mein Herz.

»Es ist Winter«, sagte mein Mann. »Die Winter sind hier sehr lang. Es kommen weder Flugzeuge noch Schiffe. Alles ist zugefroren. Es bleibt uns nichts anderes übrig, als auf den Frühling zu warten.«

Drei Monate nachdem wir zum Südpol gekommen waren, merkte ich, dass ich schwanger war, und wusste, dass ich einen kleinen Eismann zur Welt bringen würde. Mein Uterus war überfroren, und im Fruchtwasser schwammen kleine Eisstückchen. Ich konnte die Kälte in meinem Bauch spüren. Unser Kind würde den Eiszapfenblick seines Vaters haben und bereifte Händchen. Und ich wusste, unsere neue kleine Familie würde niemals mehr den Südpol verlassen. Die ewige Vergangenheit beschwerte unsere Füße mit ihrem unendlichen Gewicht, das wir nie würden abschütteln können.

Ich habe jetzt kaum noch so etwas wie ein Herz. Meine Wärme hat sich ganz weit zurückgezogen. Mitunter vergesse ich sie sogar. Aber ich kann noch weinen. Ich bin wirklich nicht allein. Am einsamsten und kältesten Ort der Welt. Wenn ich weine, küsst der Eismann mich auf die Wangen, und meine Tränen werden zu Eis. Er sammelt sie auf und legt sie sich auf die Zunge. »Ich liebe dich«, sagt er, und ich weiß, dass es keine Lüge ist. Der

Eismann liebt mich wirklich. Doch der Wind weht seine weißen, eisigen Worte weiter und weiter in die Vergangenheit. Ich weine. Unablässig rollen eisige Tränen über mein Gesicht. In unserem Haus aus Eis, irgendwo am fernen, eisigen Südpol.

Richard Brautigan

Der kleinste Schneesturm, der je registriert wurde

Der kleinste Schneesturm, der je registriert wurde, hat vor einer Stunde hier in meinem Hinterhof stattgefunden. Er bestand aus etwa zwei Flocken. Ich wartete darauf, dass noch mehr Schneeflocken fielen, aber das war's schon gewesen. Der ganze Sturm bestand bloß aus zwei Flocken.

Die Art, wie sie vom Himmel fielen, erinnerte an die Art, auf die Laurel und Hardy immer auf den Hintern knallten, und wenn ich's mir recht überlege, hatten sie Ähnlichkeit mit den beiden. Es war, als wären Laurel und Hardy in Schneeflocken verwandelt worden und träten jetzt im kleinsten Schneesturm der Welt auf.

Es kam mir so vor, als ließen sich die beiden Flocken sehr lange damit Zeit, mit tortenverschmierten Gesichtern vom Himmel zu fallen – es war ein quälend lustiger Versuch, Würde zu bewahren in einer Welt, die sie dieser Würde berauben wollte, in einer Welt, die größere Schneestürme gewöhnt war, Stürme, die Schneedecken von einem halben Meter und mehr hinterließen – und die sich leicht über einen Zweiflockensturm mokieren konnte.

Als sie eine ulkige Landung auf dem Schnee bauten, der von einem Dutzend Stürmen übrig geblieben war, die wir diesen Winter schon gehabt hatten, entstand eine Pause, in der ich zum Himmel hinaufschaute und darauf wartete, dass noch mehr Schneeflocken herunterkämen, und dann begriff ich, dass die beiden Flocken wie Laurel und Hardy schon ein ganzer Sturm für sich waren.

Ich ging nach draußen und suchte sie. Mir imponierte der Mut, mit dem sie in dieser Welt ganz sie selber waren. Als ich mich nach ihnen umschaute, überlegte ich mir, wie ich sie in die Tiefkühltruhe schaffen könnte, in der sie sich wohlfühlen konnten und in der ihnen die Aufmerksamkeit, die Bewunderung und die Anerkennung zuteil wurde, die sie sich so großartig verdient hatten.

Haben Sie schon einmal versucht, in einer Landschaft, die seit Monaten mit Schnee bedeckt ist, zwei Schneeflocken zu finden?

Ich ging zu der Stelle, an der sie ungefähr gelandet sein mussten. Ich suchte zwei Schneeflocken in einer Welt, in der es Milliarden von ihnen gab. Und es konnte ja auch passieren, dass ich sie zertrat, was keine sehr angenehme Vorstellung war.

Es dauerte nicht lange, bis ich aufgab, weil ich begriff, wie hoffnungslos mein Vorhaben war. Der

kleinste Schneesturm der Welt war für immer verloren. Man konnte ihn nicht mehr von seiner Umgebung unterscheiden.

Ich stelle mir gerne vor, dass der außergewöhnli-
che Mut dieses Zweiflockenschneesturms irgendwie in einer Welt existiert, in der solche Dinge
nicht immer gewürdigt werden. Ich ging wieder ins
Haus zurück und ließ Laurel und Hardy draußen
im Schnee, in dem sie untergegangen waren.

Hansjörg Schertenleib

Nach dem Blizzard

Er bückt sich, sein Bündel aufzuheben. Der Pfad, auf dem er geht, führt durch einen Birkenstand zum Fluss hinab. Flache Holzboote treiben auf dem Wasser, sieben, neun Boote, in denen Frauen mit ihren Hunden sitzen. Den Zweig, den er in den Fluss tauchen wird, hat er aus einem Busch am Dorfrand gebrochen; er liegt ihm in der Hand wie ein Pfeil, den er auf die Reise schicken könnte. Der Pfad ist steil, die Erde aufgeweicht vom Regen, der im Morgengrauen mit vorsichtigem Rauschen niederging. Die Steine, die am Ufer des Flusses liegen, funkeln in der Sonne. Er geht in die Knie, legt sein Bündel nieder und taucht beide Hände ins Wasser, den Kopf im Nacken, nicht länger jung, aber noch nicht wirklich alt, und am Leben, da erwache ich.

Er erwacht. Ich erwache.

Der Fluss fließt träge und langsam mitten durchs Schlafzimmer, das mir auch im dritten Winter hier in Maine manchmal fremd ist. Wie klein es ist, wie behaglich. Haben die Hunde der Frauen in den Booten angeschlagen, weil sie mich am Ufer des Flusses bemerkten? Katze Smilla liegt neben mir und schläft. Ich besitze seit über dreißig Jahren keine Armbanduhr; als ich nach dem Wecker mit den lindgrün phosphoreszierenden Ziffern auf dem Nachttischchen greifen will, verstehe ich, weshalb ich erwacht bin: Es ist still, beruhigend still. Der Wind hat sich endlich gelegt. 4 Uhr 23. Ist der Blizzard vorüber? Der Schneesturm hat dreiundzwanzig Stunden angedauert. Angekündigt hatte sich der Wetterumschwung durch ein Seufzen des Windes, das zum Stöhnen und Sausen wurde und sich schließlich zum Brandungsdonnern steigerte. Fichten, Kiefern und Tannen nickten, Birken wankten; Stämme krachten im strengen Frost wie Gewehrschüsse. Die Temperatur war innert Minuten von -6 auf -14 gefallen. Nun ist der Blizzard also vorbei. Es ist still.

Im Schutz der Nacht klingt das Meer näher, gewaltiger. Dunkelheit ordnet die Welt neu, macht die Stille umfassender. In manchen Winternächten ist es in Maine so still, als wäre alles vorbei, alles ausgestanden. Es gibt die Natur, aber nicht den Menschen, so groß ist die Stille, in der sich Hirsche, Schneehasen, Rehe und andere scheue Tiere zeigen, die uns meiden. Diese Stille anzunehmen, in der man Dinge denkt, die einem sonst nicht einfallen wollen und in der jeder Laut an Bedeutung gewinnt, ist eine Herausforderung: Das Bellen eines Hundes wird zum Hilferuf, das Rauschen des Atlantiks zur Begrüßungsmelodie, der Schrei eines Vogels zur Warnung. In den ersten Monaten auf der Insel verdrehte die Dunkelheit die Richtung der Geräusche, ich verlor die Orientierung. Töne trieben losgelöst von ihrer Quelle durch die Nacht und narrten mich, den Neuankömmling. An diese Verdrehung der Ordnung habe ich mich gewöhnt, sie täuscht mich nicht länger; ich verstehe, wie ein Geräusch übers Wasser ans Ufer getragen wird, wie die tiefe Kammer des Waldes es schluckt und abtötet und wie die Felswände des aufgelassenen Steinbruchs es als Arena mit ausgeklügelter Akustik hin- und herwerfen und nach einer Weile als Echo zurückgeben.

Lärm ist toxisch für uns Menschen, wir können ihn nicht ignorieren, unser Körper ist beschaffen, darauf zu reagieren: Schallwellen versetzen die drei winzigen Gehörknöchelchen in unserem Mittelohr mit den sprechenden Namen Hammer, Amboss und Steigbügel in Schwingungen, die als elektrische Impulse ins Hörzentrum unseres Gehirns schießen. Diese Attacke wehrt unser Körper ab, auch im Schlaf, indem er Stresshormone ausschüttet, was den Blutdruck nach oben treibt und das Risiko von Herz- und Gefäßerkrankungen erhöht. Wie Neurologen mithilfe des Kernspintomographen herausfanden, kommt die Aktivität der Großhirnrinde, in der sich das Hörzentrum befin-

det, in Stillephasen nahezu zum Erliegen, wohinge-
gen tiefer liegende Hirnregionen aktiviert werden.
Regionen, zu denen Menschen, die ein lärmerfüll-
tes Leben führen, kaum Zugang erhalten, Regionen, die offenbar einen tieferen Grad des Denkens
ermöglichen.

Der Vikar, der Religionskunde unterrichtete, die
ich als katholischer Junge besuchen musste, las aus
dem ersten Buch der Könige und erklärte uns, wie
Gott sich Elia zeigte, indem er erst einen Orkan
aufziehen ließ, danach ein Erdbeben herbeiführte
und schließlich eine Feuersbrunst entfachte. Gott
aber sei nichts von alledem, flüsterte der Vikar, ein
Männlein mit Fistelstimme, Gott war weder Orkan noch Erdbeben, noch Feuersbrunst, nein, Gott
kam danach, als ein »stilles, ein sanftes Sausen«.
»Heißt das«, fragte ich entgeistert, »Gott ist die
Stille?« »Genau das heißt es!« Damit hatte er mich
auf seiner Seite, der Vikar.

Thomas Edison war taub, als er den Phonogra-
phen erfand, den Vorgänger des Plattenspielers.
Um die Musik oder vielmehr die Vibrationen der
Musik hören, nein, spüren zu können, biss Edison
ins Holz seines Apparates. Er hörte mit dem Kiefer.

Ich trete ans Fenster, das nach Osten in unseren Garten hinausgeht, aber da ich tagsüber
Kontaktlinsen trage, kann ich nicht erkennen, wie
viel Schnee gefallen ist. Das Thermometer, das

ich vor diesem Fenster angeschraubt habe, zeigt -17 Grad an. Gestalt und Topographie unseres Gartens sind verändert: Zwei hohe Schneedünen schieben sich von verschiedenen Richtungen auf das Gelände; für meine kurzsichtigen Augen hat die Stelle, an der die Kammlinien aufeinandertreffen, die Form der Sichel, mit der Onkel Leopold das Gras um das Geviert Brennnesseln schnitt, in dem sein Birnbaum stand. Von den Staketen des Holzzaunes sind nur die Spitzen zu erkennen, dunkle Punkte, die über den Schnee laufen und das Gelände trennen. Später, wenn ich die Kontaktlinsen eingesetzt habe, werde ich sehen, dass der Schnee über einen Meter hoch liegt; die Veranda ist bis unter das mit Brettern verschalte, hüfthohe Geländer mit Schnee gefüllt, die kurze Holztreppe in den Garten nicht länger zu erkennen. Über die Veranda werde ich das Cottage nicht verlassen können. Die Erinnerung, in meiner Kindheit seien in Österreich Straßen und Wege von meterhohen Schneewänden gesäumt gewesen, habe ich die letzten Jahre als kindliche Phantasie abgetan; nach diesem Blizzard weiß ich es besser. Die Schneepflüge, welche die Straßen in der Nacht räumten, ohne dass ich es bemerkte, haben hohe Schneewälle zusammengeschoben und mich buchstäblich eingemauert. Ich werde mich freischaufeln müssen.

Auf der Hausseite zur Straße hat der Sturm den Schnee in perfekten Wellen in den Garten geweht, die im Augenblick, in dem sie unweigerlich hätten brechen müssen, eingefroren und erstarrt waren.

Die Dummheit, uns ohne Handschuhe, Thermowäsche, Winterjacken und Mützen ins Freie zu wagen, haben wir nicht einmal im ersten Winter hier in Maine begangen. Der daunengefütterte Schneeanzug mit Kapuze, den mir Nachbar Jack an einem Julitag schenkte, hängt dummerweise in der Garage. Ich schlüpfe in die Schaftstiefel mit Filzeinlagen und Gummikappe, öffne die Haustür, stoße das Fliegengitter auf und greife nach der Schneeschaufel, überzeugt davon, dass ich sie an die Hauswand gelehnt habe. Im selben Moment fällt mir ein, ich habe sie in der Garage neben den Gartenspaten gestellt. Um sie zu holen und ans Brennholz zu gelangen, muss ich mich durch den Schnee ans andere Ende des Grundstücks kämpfen und die Garagentür von Hand freilegen. Wie wunderbar still es ist! Die Jahre in Irland haben mich auch gelehrt, wochenlang allein zu sein und Stille zu schätzen und zu genießen und nicht bloß zu ertragen. Stille ängstigt mich nicht, sie ist tröstlich, ein Geschenk. Das ehemalige Schulhaus aus dem Jahr 1894, in dem ich lebte, lag zwar an einer Straße, nachts war jedoch neben der in der ersten Zeit erschreckend umfassenden Stille nichts zu hören gewesen als das Heulen der Hunde, die ein Farmer über Nacht in einen ausrangierten Pferdetransporter sperrte, das Kratzen und Scharren von Mäusen, Mardern und wohl auch Ratten in den Wänden, selten ein Auto, dazu das Singen des Farmers, der mit einem Quad auf seinen Weiden herumkurvte, den Sheepdog auf der Ladefläche, um nach seinen Schafen zu sehen und Füchse und streunende Hunde zu vetreiben. Sein Scheinwerfer strich über abgegraste Wiesen und dunkle Abhänge, riss da einen zerzausten Busch oder eine Futterkrippe aus der Dunkelheit, dort ein markiertes Schaf, einen Felsen. Alle, die mich in Irland besuchten, fanden diese unfassbar endgültige Stille vorerst wunderbar, bald jedoch beängstigend, weil sie sie gnadenlos auf sich selbst zurückwarf und dazu brachte, überstürzt abzureisen und die Flucht vor sich selbst zu ergreifen. Trotzdem fiel mir die Frage, ob der Farmer auf seinem Quad sang, weil er sich vor der Stille oder der Finsternis fürchtete, erst ein, als ich Donegal verlassen hatte und nach Maine gezogen war.

Auch mit der Langeweile konnten die wenigsten meiner Besucher umgehen; abgesehen von seiner Natur und vom Schauspiel des Wetters bot Donegal nicht viel, fanden sie, eigentlich nichts, im Vergleich mit den Metropolen, die sie sonst besuchten.

Meinen Einwand, Langeweile empfinde nur, wer glaube, ständig aktiv sein zu müssen und Nichtstun mit Faulheit verwechsle, taten sie völlig zu Recht als Plattitüde ab.

Es hat aufgehört zu schneien, doch wenn der Wind Schneestaub vom Dach weht, wird eine flirrende, durchlässige Wand aufgezogen, die sich langsam absenkt und auflöst. Das Dach ist steil genug, dass der Schnee nicht liegen bleibt, die verharschte Schneedecke härter, als ich erwartet habe, sie trägt mich trotzdem nicht. Beim zweiten Schritt breche ich ein und versinke bis zu den Oberschenkeln. Die klirrend kalte, knochentrockene Luft schmerzt in den Lungen, ich rühre mich nicht, bis ich mich daran gewöhnt habe.

Joachim Ringelnatz

Flugzeug
am Winterhimmel

Ich fliege im Flockengewimmel.
Ach, guter Himmel, laß das doch sein!
Ich Flugriese bin nur klein Vögelein
Gegen dich, schüttender Himmel.

Sag Schneegestöber, ich bäte es sehr,
Ein wenig nachzulassen.
Denn meine Flügel tragen schon schwer
An sechs ganz dicken Insassen.

Die spielen Karten in meinem Leib
Und trinken, weil sie so frieren.
Und wollen nach Zoppot, um Zeitvertreib
Und Örtliches zu studieren.

Und käme ich dort nicht pünktlich hin,
Die würden es niemals verzeihen.
Lieber Himmel, wenn ich gelandet bin,
Dann darfst du gern wieder schneien.

Judith Hermann

Bali-Frau

Der Winter erinnert mich manchmal an etwas. An eine Stimmung, die ich einmal hatte, an eine Lust, die ich empfand? Ich weiß es nicht genau. Es ist kalt. Es riecht nach Rauch. Nach Schnee. Ich drehe mich um und lausche auf etwas, das ich nicht hören kann, ein Wort liegt mir auf der Zunge, ich kann es nicht sagen. Eine Unruhe, weißt du? Du weißt. Aber du würdest sagen, alles, was namenlos ist, soll man nicht benennen.

Christiane jedenfalls hat an diesem Abend, an dem du nicht mitkommen wolltest, vor mir getanzt. Sie drehte das Radio auf und tanzte zu »Never known a girl like you before«, Cheerleadergesicht, offenes rotes Haar, sie lachte, sie sah sehr schön aus. Markus Werner trug den Pelzmantel seiner Groß-mutter und Abwaschhandschuhe aus rosafarbenem Plastik, der Pelz war räudig. »Du bist so albern«, sagte Christiane, und Markus Werner schob das Kokain auf dem Taschenspiegel zu kleinen Straßen zusammen, sah ihr nicht zu. Ich war nicht müde. Ich saß, an ihn gelehnt, auf dem Sofa, sein Pelz war nass vom Schnee und roch komisch, ich sah Christiane zu, wie sie sich ihren Mund mit pflaumenfarbenem Lippenstift ausfüllte, ihr Mund war so groß und der Lippenstift spitz wie eine Feder. Markus Werner blickte von seinem Taschenspiegel auf und sah nirgendwohin.

Wo warst du? Ich hatte dich angerufen, du hast vor dem Fernseher gesessen und gesagt, du hättest die falschen Drogen genommen, du klangst müde und gereizt und wolltest nicht mitkommen. Ich sagte: »Christiane hat sich verliebt«, du sagtest: »Das ist nichts Neues«, dann schwiegen wir, ich konnte die kleinen Stimmen aus dem Fernseher hören, Kriegsgeräusche, Fliegeralarm; ich wusste, dass es kalt war in deinem Zimmer, an den Fenstern Eisblumen. Du hast aufgelegt.

Die Stimme von Edwyn Collins klang brüchig, ich rauchte drei Zigaretten hintereinander. »Wer ist es diesmal«, sagte Markus Werner beiläufig, seine Plastikhandschuhe machten ein klebriges Geräusch. »Ach halt die Klappe«, sagte Christiane und sah sich im großen Spiegel von der Seite an, Hand in die Hüfte gestützt, Blick von unten, sie hatte kleine blaue Schatten unter den Augen, sie sah toll aus, sagte: »Wir werden Spaß haben«, küsste mich auf den Mund. Ich klammerte mich an Markus Werners Arm und flüsterte ihm ins Ohr, Christiane schien mich nicht daran hindern zu wollen, ich flüsterte: »Es ist ein bedeutender Regisseur. Wirklich bedeutend, weißt du? Er ist verheiratet. Wir gehen auf sein Premierenfest, es gibt Essen, Wodka und alles, du, wir werden Spaß haben«, und Christiane lachte und zog mich von ihm weg.

Draußen war es sehr kalt. Ich dachte an dich in deinem Zimmer, auf dem Sessel vor dem Fernseher, ich wusste, du würdest nicht wirklich einen Film sehen, sondern so sitzen, im Halbdunkel, und vor dich hin starren; ich war nicht enttäuscht und nicht beleidigt, ich war ein wenig traurig, ja, vielleicht. Es war wirklich kalt. Es roch nach Schnee, und unsere Stimmen auf der leeren Straße klangen so komisch hohl, dass wir nichts mehr sagten; das Licht der Straßenlaternen war wie festgefroren. Christiane fiel mit ihren Absatzschuhen hin, ich sah Markus Werner an, wir halfen ihr nicht auf. Wir nahmen an der Kreuzung ein Taxi. »Ins Theater«, sagte Christiane, kurbelte das Fenster herunter und drehte das Radio auf. Der Taxifahrer grimassierte und sagte nichts. Vor dem Theater wehten rote Fahnen, und die Türen standen offen, Markus Werner beugte sich vor und sagte: »Dieses Stück, das hier heute Abend gelaufen ist …?«, und Christiane winkte ab. »Worüber willst du mit ihm sprechen, wenn nicht über das Stück?«, sagte Markus Werner und kicherte. Christiane zog mit den Händen sein Gesicht an ihres heran und sagte sehr deutlich: »Ich will überhaupt nicht mit ihm sprechen. Verstehst du?«

Ich habe mich an der Tür noch einmal umgedreht. Ich habe ein letztes Mal gedacht, zurückzugehen und zu dir zu kommen und mich neben dich vor deinen Fernseher zu setzen. Ich hätte den Fernseher ausgemacht, ich hätte dich angeschaut, es hätte ganz einfach sein können. Ich war so unentschlossen und holte tief Luft, und dann lief ich Christiane und Markus Werner hinterher.

Im Sternenfoyer waren lange Tische aufgebaut, es gab unwahrscheinliches Essen und Kühlschränke voll von Wodka und vereisten, kleinen Gläsern, sie hatten eine russische Blaskapelle engagiert und Rotlicht eingeschaltet. »Jetzt«, sagte Christiane und verschwand. Ich holte Brot und Fisch vom Buffet, und Markus Werner steckte Wodkaflaschen und Gläser in seine Manteltaschen, er trug noch immer diese rosafarbenen Plastikhandschuhe, und niemand beachtete ihn. Wir setzten uns auf die Treppe und aßen, ich trank den Wodka in großen Schlucken, und mir wurde warm, Markus Werner saß unruhig und wischte sich ununterbrochen die Nase ab. Ich sagte: »Du kokst zu viel«, und er sagte: »Wo ist er, dieser Regisseur?« Der Regisseur stand an der Bar. Er war groß und dick und verkommen, er rauchte eine Zigarre und trank Whisky, er hatte diesen verlotterten Altmännersex, dem Christiane sich nie entziehen konnte, und er war berühmt. Ich deutete mit dem Finger auf ihn und sagte: »Das ist er«, und Markus Werner brach in hysterisches Gelächter aus und sagte: »Natürlich.« Ich sah den Regisseur an, ich dachte an die zahllosen Regisseure und Dramatiker und Schauspieler und Bühnenbildner, die an Christianes und meinem Küchentisch gesessen, unter unserer Dusche gestanden, in unseren Betten gelegen hatten, ich dachte an ihre Stimmen auf unserem Anrufbeantworter, an ihre nächtlichen Schläge gegen unsere Tür, an die zerschmissenen Gläser und die ungelesenen Briefe; ich dachte, dass immer irgendetwas nicht genug war, auch diesmal würde irgendetwas nicht genug sein, ich dachte an dich, an die Eisblumen, an den Rauchgeruch, ich dachte, auch wir sind nicht genug.

Christiane trat auf. Sie musste noch einmal vor einem Toilettenspiegel gestanden haben, denn sie hatte sich ihr Haar jetzt zu diesem Knoten geschlungen, von dem ich wusste, dass sie ihn irgendwann mit einem Nadelziehen lösen würde, um dann ihr Haar in einer mich müde machenden Welle über ihren Rücken fluten zu lassen. Sie trat am Rand des Sternenfoyers auf, pendelte ein wenig zwischen den Säulen herum, näherte sich der Bar und lief wieder davon, zündete sich eine Zigarette an, blickte um sich mit gesenkten Lidern. Die Band spielte Ween, »Buenas Tardes Amigo«. Markus Werner wischte sich die Nase mit den Plastikhandschuhen und die Plastikhandschuhe an seinem Pelz ab und sagte: »Ein echter Verratssong.« Christiane wippte ein wenig mit dem Kopf, knickte in der Hüfte ein und wiegte sich einen kurzen Moment, dann stieß sie auf die leere Tanzfläche vor, genau in die Mitte, stellte sich auf den großen Stern, und der Kronleuchter überschüttete sie mit rotem Licht. Der Regisseur hatte die ganze Zeit blicklos auf die Tanzfläche gestarrt, jetzt wandte er sich ab. Und als er sich ziemlich bald, eigentlich sofort wieder zur Tanzfläche drehte, sah er Christiane an. Und Christiane tanzte, Cheerleadergesicht, die Hände in den Hüften, legte den Kopf in den Nacken und schien zu lachen, der Schlitz in ihrem Kleid reichte bis zum Ansatz ihres Hinterns. Markus Werner kicherte ununterbrochen, ich wusste nicht, ob das am Koks lag oder an Christianes Tanz, ich musste lachen und sagte: »Aber sie kann es. Sie kann es einfach.«

Sie tanzte lange. Hob irgendwann die Hand an den Kopf und löste den Knoten, ihr Haar flutete ihren Rücken herab, und Markus Werner barg den Kopf zwischen den Knien und sagte: »Ich halt's nicht aus.« Der Regisseur war ein kleines, verschwommenes, dickes Häufchen Gier. Ich tauchte weg. Ich trank Wodka und starrte in die Lichter des

Kronleuchters, mir war ein bisschen schwindlig, und ich dachte an all die Nächte, in denen wir uns zusammen betrunken hatten, du und ich an den Holztischen in den beliebigen Bars, immer war es Winter, war draußen Schnee und wurde es nie hell. An die Sommer erinnere ich mich nicht. Wieso nicht? Ich habe versucht zu verstehen, warum es vorbei ist mit uns, und ich wusste, dass es da nichts zu verstehen gab. Ich habe an dich gedacht, an dein Zimmer, das Blaulicht des Fernsehers, die halbgerauchte Zigarette in deiner linken Hand, ich habe gedacht, dass du all das schon viel länger weißt, du hättest etwas sagen können, was, irgendwas.

Markus Werner stieß mich an und sagte: »Schau dir das an, hey, wo steckst du denn, du musst dir das anschauen«, und ich sah auf die Tanzfläche, da tanzte Christiane noch immer, und mit ihr tanzte eine andere Frau. Die Frau war ganz klein und dünn, sie sah aus wie ein Kind, ein frühreifes Kind, ihre Haut war dunkel, und ihre Haare waren schwarz. Sie trug ein rotes Kleid, und wenn sie sich drehte, konnte man ihren nackten Hintern sehen und ihre Scham. Sie drehte sich unentwegt, und ihre kleinen Hände flatterten wie Vögel um sie herum, sie tanzte barfuß, und ihr Tanz war ganz anders als Christianes Tanz. Christiane geriet aus dem Rhythmus. Sie versuchte, ihr Cheerleadergesicht, ihren Hüftschwung, den abgezirkelten Takt ihrer Beine, ihre Kühle gegen die weichen Bewegungen dieser Frau zu setzen, und es gelang ihr nicht. Sie sah zu viel. Die kleine Frau hatte die Augen geschlossen und schien völlig abwesend, die schwarzen Haare verdeckten ihr Gesicht. Markus Werner starrte mit offenem Mund und zündete sich dann eine Zigarette an, wie jemand, der sich konzentrieren muss. Er wandte sich abrupt zu mir um und sagte sehr sachlich: »Wer ist das denn?«, und ich sagte: »Das ist seine Frau. Die Frau des Regisseurs. Sie kommt aus Bali, sie haben auf Bali geheiratet.«

Sie hätte dir gefallen, diese kleine Frau. Sie war so unantastbar, wie du es immer geliebt hast, sie war ganz fern, und man könnte sie betrachten und sich Geschichten über sie ausdenken. Sie sah verletzlich aus und schön, sie hatte ganz winzige Füße, und sie war so unwirklich in diesem Foyer, auf diesen Marmorplatten, unter dem Licht des Kronleuchters. Christiane verließ die Tanzfläche und ging an die Bar. Der Regisseur stellte sich neben sie, er sah seine Frau nicht an, er sah Christiane an, die bestellte ein großes Glas Whisky. Die kleine Frau tanzte weiter, und ich wusste, dass der Stein unter ihren Füßen sehr kalt war. Markus Werner sah mich an und sagte: »Wollen wir uns unterhalten«, ich sagte: »Nein.« Er stand auf und ging weg. Ich trank weiter, für mich. Es wurde sehr spät. Ich konnte den Schnee sehen hinter den großen Scheiben, dicke, sacht fallende Flocken. Irgendwann torkelte Markus Werner zwischen den Säulen herum, er war völlig betrunken und hatte – weiß der Himmel, woher – ein Megaphon in den Händen, er schrie durch das Megaphon immer dasselbe, ich konnte nicht ein Wort verstehen. Ich lehnte meinen Kopf an das Treppengeländer und beobachtete ihn. Ich dachte daran, dass ich ihn noch nie am Tag gesehen hatte, und ich fragte mich, ob ich mehr über ihn wissen wollte, als dass er im Winter diesen Pelzmantel und im Sommer die orangen Jacken der Müllmänner trug. Er ging drei Mal in der Woche mit mir und Christiane aus, ich mochte ihn, hätte ich je von ihm gesprochen, ich hätte tatsächlich gesagt: »Ein Freund.« Nahm ich ihn ernst? Nahm er mich ernst, wollte er etwas, wenn er sich mit mir unterhalten wollte, worüber denn? Ich erinnerte mich daran, dass er einmal, sehr kindlich, gesagt hatte: »Ich könnte einen Film machen, über uns«, ich hatte gesagt: »Was sollte das für ein Film werden«, er hatte geantwortet: »Ein Film darüber, dass gar nichts ist, dass es nichts mehr gibt, nichts zwischen uns und nichts um uns herum, nur so eine Nacht mit dir und mir und Christiane«, und ich hatte wirklich abfällig gelacht. Ich beobachtete ihn, er war viel zu jung, er war bekokst und besoffen, er brüllte in sein Megaphon, dass ihm die Halsschlagader anschwoll, und die Leute gingen ihm aus dem Weg. Er tat mir leid, und ich dachte, dass ich ihn nie, nie mehr wiedersehen wollte. Ich unterdrückte den Impuls, aufzustehen, zu ihm hinüberzugehen, ihm dieses Megaphon wegzunehmen und ihn zu küssen. Auf dem Stern in der Mitte der Tanzfläche hockte ein Mädchen und schlug immerzu den Kopf auf den Boden, ihre Stirn war blutig, und sie weinte und redete wirres Zeug. Das Buffet war leer. Auf dem roten, großen Sofa vögelte eine Schauspielerin mit einem Bühnenarbeiter, der Bühnenarbeiter schwitzte, und auf dem Rücken seines T-Shirts, an dem die Schauspielerin wie verzweifelt riss, war Mike Tyson abgebildet, der Holyfield ins Ohr biss. Die kleine Frau war weg, der Regisseur war weg, Christiane war weg. Es schneite noch immer, und irgendjemand warf Gläser an die Wand, zwei unwirkliche Krüppel in Rollstühlen fuhren über die Tanzfläche und verschwanden hinter den Säulen. Die Schauspielerin zog sich den Rock runter, stolperte auf die kleine Bühne und sagte »Für Baby« in ein übersteuertes Mikrofon hinein, sie sagte: »Für Baby, für Baby«, dann fiel sie hin. Ich schloss die Augen. Ich hörte Markus Werner, ich verstand ihn noch immer nicht. Ich schlief ein. Ich wachte wieder auf, weil Christiane vor mir stand und mich am Arm riss, sie sah noch immer aus wie vor Stunden, wie in der Wohnung, auf der Straße, im Taxi, sie sah so winterlich aus, so kühl, so kalt, ihr Mund frostig und schmal. Sie schüttelte mich und sagte: »Steh auf. Wir müssen los, wir gehen noch wohin, wo ist der Werner, was machst du hier überhaupt«, sie sagte das nicht schnell und fahrig, sondern sehr ruhig und konzentriert. Ich richtete mich auf und hielt sie fest, ich sah ihr in die Augen, ihre Augen waren eisblau. Ich sagte: »Christiane. Wie steht es denn«, und sie sah mich an und sagte: »Beschissen. Es steht beschissen. Aber wir fahren da jetzt trotzdem hin.«

Bist du neidisch? Ein ganz klein wenig? Ein bisschen gespannt und aufgeregt – wohin denn? Wohin gehen die denn jetzt? Du wärst nach Hause gegangen. Nein, du bist nicht neidisch, bist es nie gewesen. Wir suchten Markus Werner und fanden ihn auf der Toilette, er stand vor dem Waschbecken, spülte sich irgendwas von seinen Plastikhandschuhen, und aus einer Kabine klang eine weinerliche Mädchenstimme, die »Was ist denn, warum hörst du denn jetzt auf, ich versteh das alles nicht« sagte. Christiane verzog angewidert das Gesicht, trat die Kabinentür mit dem linken Fuß zu, und Markus Werner drehte sich um und sagte viel zu leise: »Muss das so sein.« – »Sie wartet«, sagte Christiane. »Sie wartet, und wir müssen jetzt los, sofort«, und Markus Werner sah plötzlich hilflos und überfordert aus und sagte bittend: »Wer war-

tet. Wer wartet denn.« Christiane, schon auf dem
Flur, drehte sich gereizt noch einmal um und schrie
dann: »Die Bali-Frau. Die Bali-Frau wartet.«

Die Uhr vor dem Theater war auf elf stehen geblieben. Der Schnee lag in einer dicken Schicht auf
der Straße, auf den Autos, den Laternen, die Welt
war still und dröhnte mir in den Ohren. Die Bali-
Frau stand noch immer barfuß, ohne Mantel, im
roten Kleid neben einem Taxi und hielt uns die Tür
auf. Christiane stieß Markus Werner ins Auto, das
Megaphon fiel in den Schnee, sie stieß mich hinterher und stieg dann selber ein. Markus Werner flüsterte: »Deine Augen, kleine Schwester, sprengen
mir das Herz«, ich wusste nicht, wessen Augen er
meinte, und ich fragte mich kurz, ob es dieser Satz
gewesen war, den er den ganzen Abend über durch
sein Megaphon geschrien hatte. Die Bali-Frau
setzte sich auf den Beifahrersitz, drehte sich um
und lächelte uns an. Ich lächelte zurück. Das Taxi
fuhr los, ich beugte mich zu Christiane, den Blick
aus dem Fenster gerichtet, sagte: »Zu ihm. Oder
zu ihr. Wir fahren in ihre Wohnung, er ist schon
da, sie will, dass wir jetzt mitkommen.« Ich sagte:
»Warum will sie das?«, und Christiane zuckte mit
den Schultern, ich sagte: »Warum willst du das?«,
und sie sagte: »Das ist doch völlig egal.«

Auf dem Balken über deiner Tür liegt der Schlüssel zu deiner Wohnung. Ich weiß das. Ich könnte

mich im dunklen Treppenhaus auf die Zehenspitzen stellen, ihn mit den Fingern ertasten und her-
unterholen, ins Schloss stecken, leise aufsperren.
Ich könnte durch den Flur in dein Zimmer gehen,
du hättest den Fernseher jetzt ausgeschaltet und
wärst schlafen gegangen, ich könnte neben deinem
Bett stehen bleiben, dich betrachten, wie du so
schläfst, mich zu dir legen, du würdest nichts mer-
ken. Aber dieser Schlüssel liegt da nicht für mich.
Das weiß ich auch. Er liegt da für diese eine Person,
über die wir nie gesprochen haben, er liegt bereit
für sie, wenn sie so weit ist, wird sie sich auf die
Zehenspitzen stellen, ihn ertasten, die Tür aufsperren, ihre Koffer neben dein Bett stellen und dich
wecken. So ist es doch, nicht wahr? Du wartest. Du
kennst sie nicht, diese Person, aber du weißt, sie
wird kommen, und darauf wartest du, du sitzt und
siehst die Eisblumen und wartest. Ich warte auch.
    Die Bali-Frau jedenfalls hatte keinen Schlüssel.
Sie hatte für ihre eigene Wohnung keinen Schlüssel, oder sie tat so, als hätte sie keinen. Wir standen
vor ihrer Wohnungstür, und sie hielt ihren kleinen,
braunen Daumen fest auf die Klingel gedrückt, die
Klingel schrillte, Markus Werner lungerte auf dem
Treppenabsatz herum, wischte sich die Nase ab
und sagte erschöpft: »Ich kann nicht mehr.« Die
Bali-Frau drehte sich zu ihm um und lächelte ihn
an, sie hatte bisher noch kein einziges Wort gesagt,

und ich konnte sehen, dass ihre Vorderzähne bis auf einen kleinen Rest abgeschliffen und ganz gerade waren. Markus Werner lächelte gequält zurück und sagte überdeutlich: »Vielleicht sollten wir besser wieder gehen?«, und dann ging die Tür auf, und im Dunkel des Flurs standen kleine Kinder. Vier oder fünf winzige Kinder in Schlafanzügen, barfuß, mit zerzausten Haaren. Sie starrten uns an, und wir starrten zurück, die Kinder sahen nach einer grotesken Mischung ihrer Eltern aus, sie hatten die dicke, schwammige Körperlichkeit ihres Vaters, aber ihre Augen waren so dunkel, schmal und eigen wie die ihrer Mutter. Die Bali-Frau trat in dieses Gewimmel aus Schlafanzügen, Stofftieren und weichen Kinderhänden hinein, die Kinder klammerten sich an sie und redeten in einer fremden Sprache auf sie ein. Markus Werner sah Christiane an und sagte: »Hast du das gewusst?«, und Christiane, zum ersten Mal überfordert, sagte: »Nein. Das habe ich nicht gewusst.«

Wir sind im Flur der Wohnung des Regisseurs zwei Mal auf verschiedene Hamster getreten. Die Hamster gaben grässliche Geräusche von sich, und die Bali-Frau lachte, hob sie auf und warf sie in eines der vielen Zimmer hinein. Die Kinder lugten noch einmal durch einen Türspalt und verschwanden dann. Der Regisseur war nicht zu sehen, die Wohnung war dunkel, die Bali-Frau führte uns in die Küche, zündete Kerzen an, stellte Wasser auf. Wir waren verlegen, setzten uns an den Küchentisch, ich wollte neben Markus Werner sitzen, Christiane wollte neben mir sitzen, wir ruckten ganz lange herum, das Gefühl der Scham war so deutlich. Schließlich saßen wir. Die Küche war groß und warm, vor den Fenstern die Nacht, an der Decke waren seltsame Girlanden gespannt, und es roch fremd. Wir schwiegen. Christiane mied einen Blick. Markus Werner flüsterte wie ein Kind: »Was machen wir hier eigentlich?«, und niemand antwortete ihm. Die Bali-Frau kochte Tee aus grünen Blättern, stellte kleine Schalen auf den Tisch, Honig und Zucker. Sie goss ein, mit langsamen, sicheren Bewegungen, sie lächelte immerzu, und schließlich setzte sie sich neben Christiane. Markus Werner sah auf ein Foto, das an der Wand über dem Tisch hing, auf dem Foto stand der Regisseur neben der Bali-Frau, im Hintergrund Palmen und ein zu blaues Meer; der Regisseur war nackt bis auf einen winzigen Lendenschurz und trug einen Schmuck aus Bananen und Blumen auf dem Kopf. Er blickte schief und verlegen in die Kamera, die Bali-Frau hielt ihn an der Hand, sie lächelte nicht, der Himmel über ihnen sah nach Regen aus. Markus Werner sagte, noch immer überdeutlich: »Hochzeit?«, und die Bali-Frau, die gerade mit ihrem Gesicht ganz nah an Christianes herangerückt war, zuckte zurück und nickte mit dem Kopf. Christiane räusperte sich und legte die Hände auf den Tisch, als wolle sie eine Konferenz beginnen. Sie sagte entschlossen und fest: »Wo ist er denn?«, und Markus Werner antwortete für die Bali-Frau: »Er schläft schon.«

Ich finde, wir haben gute Winter miteinander gehabt. War es einer, oder waren es mehrere? Ich weiß es nicht mehr, und du würdest sagen, es sei auch nicht wichtig. Wir hatten Schnee und klirrende Kälte, und immer, wenn ich gesagt habe, dass ich eigentlich gerne frieren würde, hast du so geschaut, als würdest du verstehen. Wir sind spazieren gegangen, wenn die Sonne schien. Die langen Schatten, und du hast die Eiskristalle von den Ästen gebrochen und an ihnen gelutscht. Wenn du auf dem Eis hingefallen bist, habe ich lachen müssen, bis mir die Tränen kamen, wir haben uns nichts versprochen, ich wollte das auch so, dennoch, entschuldige mich, verspüre ich eine Eifersucht auf alle Winter, die du haben wirst ohne mich. Ich glaube, dass die Dinge von nun an immer so sein werden, wie sie es waren in dieser Küche, an diesem Tisch neben Markus Werner, mit Christiane und der Bali-Frau, es wurde Morgen, ich war so müde; ich weiß, dass die Dinge nie anders waren, ich habe mich eben nur ein Mal getäuscht.

Vor den Fenstern wurde der Himmel blass, es schneite wieder, und der Schnee begann zu leuchten. Christiane stand einmal auf und setzte sich wieder hin. Markus Werner zog sich die Plastikhandschuhe aus und lehnte sich an mich, er küsste mich kurz und weich auf den Hals. Die Bali-Frau sah uns an und lächelte. Sie sagte: »Es gibt viele Witze in Deutschland.« Ihre Stimme klang ganz hell und kindlich, sie zog die Worte in die Länge und konnte das »sch« nicht richtig aussprechen. Markus Werner bewegte sich nicht. Christiane gab ein kurzes, trockenes Lachen von sich und sagte irritiert: »Was?« Die Bali-Frau rückte an den Tisch heran, sie lächelte jetzt nicht mehr, sie sagte sehr ernst: »Witze. Ich habe sie alle gelernt.« Markus Werner schloss die Augen und sagte sanft: »Vielleicht erzählen Sie uns einen«, und die Bali-Frau sah zu der girlandengeschmückten Decke hoch und sagte: »Was ist der Unterschied zwischen einer Blondine und der Titanic?« Wir schwiegen. Sie wartete vier, fünf Sekunden lang und sagte dann: »Bei der Titanic weiß man, wie viele darauf waren.« Wir schwiegen noch immer. Sie sah uns an, als erwarte sie von uns eine Erklärung, eine Erläuterung dieses Witzes, sie sah fürchterlich ernst aus, und ihre Augen waren weit aufgerissen. Markus Werner hatte die Augen noch immer geschlossen, aber in Christianes Gesicht stand ein Ausdruck der Panik, der mich zum Lachen reizte. Die Bali-Frau beugte sich noch weiter vor und sagte: »Was sagt man zu einer Blondine, die die Kellertreppe herunterfällt?«, sie wartete wiederum zwei, drei Sekunden lang, sie schien tatsächlich zu zählen, dann antwortete sie sich selbst: »Bring Bier mir.« Sie sagte: »Bring Bier mit«, und sah dabei so angestrengt auf die Tischplatte, als würde sie all diese Worte dort ablesen. Dann richtete sie sich auf, sie saß jetzt kerzengerade und sprach wie dressiert, sie richtete sich auf und sagte: »Wie beerdigt man eine Blondine?«, und sie hörte nicht mehr auf. Sie erzählte einen Blondinenwitz nach dem anderen, zehn, zwanzig, fünfzig Blondinenwitze, und ich starrte sie an, ich starrte in ihr fremdes, konzentriertes, verrücktes Gesicht, ich verstand sie irgendwann überhaupt nicht mehr. Sie sprach immer schneller und schneller, sie gab Frage und Antwort und Frage und Antwort ohne Unterlass, und irgendwann bemerkte ich, dass Christiane – wie lange schon? – weinte. Markus Werner rutschte mit dem Kopf von meiner Schulter herunter in meinen Schoß. Er schlief, und der räudige Pelz seiner Großmutter umschmiegte sein erstaunlich kleines Gesicht. Ich legte meine Hand unter seine Wange und hielt seinen Kopf. Ich spürte mein Herz schlagen. Es ging mir gut.

Dann wurde es still. In einem der hinteren Zimmer klingelte ein Wecker, erwachte ein Regisseur; vor den Fenstern war es hell geworden. Die Bali-Frau schwieg. Sie sah überhaupt nicht erschöpft aus. Sie stand auf und zog Markus Werner von mir hoch, er fiel gegen sie, und sie streifte ihm mit einer sachten Bewegung den Mantel von den Schultern und schob ihn zur Küchenbank. Sie drückte Markus Werner auf die Bank, sie deckte ihn mit seinem Mantel zu und strich ihm mit ihrer kleinen, braunen Hand über die Stirn, und dann küsste sie ihn auf den Mund. Christiane und ich standen auf und zogen uns die Mäntel an. Wir drehten uns an der Küchentür noch einmal um, da stand sie neben der Bank in ihrem roten Kleid und sah uns an, ernst und gerade, sie sagte nichts mehr, und da gingen wir.

Draußen war es noch immer kalt. Eine frühe Straßenbahn fuhr an uns vorüber, aus den Leitungen stoben bläuliche Funken, die Stadt war noch still und das Licht so hell, dass ich die Augen zukniff. Christiane blieb stehen und band sich die Haare im Nacken zusammen, ich dachte, ob ich sie vielleicht anfassen sollte, aber ich tat es nicht. Sie war ganz weiß im Gesicht, ihre Lippen waren blau, dann liefen wir los, der Schnee knirschte unter unseren Füßen. Ich habe gedacht, dass du, solltest du geschlafen haben, gerade aufwachen wirst. Du wirst aufwachen und die Eisblumen an den Fenstern sehen.

Es ist kalt. Es riecht nach Schnee. Nach Rauch. Lauschst du auf etwas, das du nicht hören kannst, liegt dir ein Wort auf der Zunge, du kannst es nicht sagen? Bist du unruhig? Sind wir uns einmal – ist das nicht genug – begegnet? Ich werde jetzt schlafen gehen. Erinnert dich der Winter manchmal an etwas, du weißt nicht – an was.

Ernest Hemingway

Schnee überm Land

Der Wagen der Drahtseilbahn ruckte noch einmal und hielt dann. Es ging nicht weiter. Dichter Schnee trieb über die Gleise. Der Sturm, der über die ungeschützte Oberfläche des Berges dahinjagte, hatte die Schneeoberfläche zu einer krustigen Schanze zusammengefegt. Nick wachste seine Skier im Gepäckabteil, stieß die Stiefelspitzen in die Bindung und zog die Spanner fest. Er sprang seitwärts aus dem Zug auf die harte Schanze, sprang um und fuhr in der Hocke, die Stöcke hinter sich herschleifend, in Schussfahrt den Abhang hinunter.

Auf dem Weißen tiefer unten tauchte George hinab, kam hoch und tauchte außer Sicht. Das Runtersausen und das plötzliche Niederschießen, als er einen welligen Steilhang der Bergwand Schuss fuhr, schalteten Nicks Denken aus und ließen nur das herrliche Gefühl von Fliegen und Fallen in seinem Körper. Er tauchte auf einer kleinen Anhöhe wieder auf, und dann schien der Schnee unter ihm wegzufallen, als er abfuhr, hinab, hinab, schneller, schneller in einem Schwung den letzten, langen, steilen Abhang hinab. In der Hocke, sodass er beinahe auf seinen Skiern saß, um seinen Schwerpunkt möglichst tief zu legen, fühlte er, als der Schnee wie ein Sandsturm ihn umbrauste, dass er zu starkes Tempo fuhr. Aber er hielt es. Er wollte nicht lockerlassen und umschmeißen. Dann schmiss ihn eine Stelle weichen Schnees um, die der Wind in einer Vertiefung gelassen hatte, er überschlug sich skiklappernd wieder und wieder, fühlte sich wie ein angeschossenes Kaninchen, dann war er festgekeilt, mit gekreuzten Beinen, seine Skier kerzengerade in der Luft und Nase und Ohren voller Schnee.

George stand etwas weiter unten am Abhang und klopfte mit großen Klapsen den Schnee von seiner Windjacke.

»Das war 'ne fabelhafte Abfahrt, Nick«, rief er Nick zu. »Das da ist lausig weicher Schnee. Hat mich genauso hingehauen.«

»Wie ist es denn jenseits der Mulde?« Nick stieß, auf dem Rücken liegend, seine Skier herum und stand auf.

»Man muss sich links halten. Es ist eine schöne, steile Abfahrt, und unten ein Christi wegen einem Zaun.«

»Wart einen Moment, wir wollen zusammen abfahren.«

»Nein, mach los. Fahr du zuerst. Ich möchte sehen, wie du die Mulden nimmst.«

Nick Adams fuhr an George vorbei, breiter Rücken, blonder Kopf, noch ein bisschen voll Schnee; dann kamen seine Skier am Rand ins Gleiten, und er schoss hinunter, zischend in dem kristallischen Pulverschnee, und er schien hinaufzuschweben und hinabzusinken, als er die wogenden Mulden rauf und runter fuhr. Er hielt sich links, und zum Schluss, als er mit fest zusammengepressten Knien auf den Zaun zusauste und seinen Körper eindrehte, als ob er eine Schraube anzog, brachte er seine Skier in dem aufstäubenden Schnee scharf nach rechts herum und verlangsamte die Geschwindigkeit parallel zu Berghang und Drahtzaun.

Er sah den Berg hinauf. George kam kniend in Telemarkstellung herunter, ein Bein vor und gebeugt, das andere nach sich ziehend; seine Stöcke hingen wie die dünnen Beine irgendeines Insekts und wirbelten beim Berühren der Oberfläche Schneewölkchen auf, und schließlich kam die ganze kniende, schleifende Gestalt in einem wunderbaren Rechtsbogen tief in der Hocke herum, ging in Ausfallstellung, der Körper lehnte sich nach außen über, die Stöcke betonten den Bogen wie Interpunktionszeichen aus Licht, alles in einer wilden Wolke von Schnee.

»Ich hatte Angst mit 'nem Christi«, sagte George.

»Der Schnee war mir zu tief. Deiner war fabelhaft.«

»Ich kann mit meinem Bein keinen Telemark machen«, sagte Nick.

Nick drückte den obersten Draht des Zauns mit seinem Ski herunter, und George glitt darüber weg. Nick folgte ihm hinunter auf die Landstraße. Sie stakten mit weichen Knien die Landstraße entlang in einen Tannenwald hinein. Die Straße wurde zu poliertem Eis, orange und tabakgelb gefleckt von den Gespannen, die Baumstämme schleppten. Die Skiläufer hielten sich auf dem Schneestreifen am Rand. Die Straße senkte sich scharf einem Fluss zu und lief dann gerade bergauf. Durch den Wald hindurch sahen sie ein langgestrecktes, tiefdachiges, verwittertes Gebäude. Durch die Bäume sah es blassgelb aus. Näher dran waren die Fensterläden grün gestrichen. Die Farbe blätterte ab. Nick schlug mit einem seiner Skistöcke die Spanner auf und schüttelte die Skier ab.

»Wir können sie hier geradeso gut tragen«, sagte er.

Er kletterte den steilen Weg mit den Skiern auf der Schulter bergan und schlug die Absatznägel in den vereisten Boden. Er hörte George dicht hinter sich atmen und seine Absätze einschlagen. Sie lehnten die Skier gegen die Mauer des Gasthauses, klopften sich gegenseitig den Schnee von den Hosen, stampften ihn von den Stiefeln ab und gingen hinein.

Drinnen war es ganz dunkel. Ein großer Kachelofen glänzte in der Ecke des Zimmers. Es hatte eine niedrige Decke. Glatte Bänke standen hinter dunklen, weinfleckigen Tischen an den Wänden entlang. Zwei Schweizer saßen über ihren Pfeifen und zwei Schoppen trüben jungen Weins dicht am Ofen. Die Jungen zogen ihre Jacken aus und setzten sich an die Wand auf der anderen Seite des Ofens. Eine Stimme im Nebenzimmer hörte auf zu singen, und ein Mädchen in einer blauen Schürze kam durch die Tür herein, um zu hören, was sie trinken wollten.

»Eine Flasche Sion«, sagte Nick. »Ist dir das recht, Gidge?«

»Natürlich«, sagte George. »Du verstehst mehr vom Wein als ich. Ich trink alles gern.«

Das Mädchen ging hinaus.

»Ans Skilaufen kommt doch nichts heran, findest du nicht?«, sagte Nick. »Das Gefühl so zuerst, wenn man lossaust.«

»Hach«, sagte George, »das lässt sich gar nicht in Worte fassen.«

Das Mädchen brachte den Wein, und sie hatten Mühe mit dem Korken. Endlich bekam Nick die Flasche auf. Das Mädchen ging hinaus, und sie hörten sie im Nebenzimmer ein deutsches Lied singen.

»Die kleinen Korkstückchen darin schaden nichts«, sagte Nick.

»Ob sie wohl Kuchen hat?«

»Wir wollen mal fragen.«

Das Mädchen kam herein, und Nick sah, dass ihre Schürze schwellend ihre Schwangerschaft bedeckte. Warum ich das wohl nicht bemerkt habe, als sie zum ersten Mal hereinkam, dachte Nick.

»Was sangen Sie eben?«, fragte er sie.

»Oper, deutsche Oper.« Sie hatte keine Lust, das Thema zu erörtern. »Wir haben Apfelstrudel, wenn Sie den wollen.«

»Ist nicht so freundlich, nicht wahr?«, sagte George.

»Na, schließlich kennt sie uns ja nicht, und vielleicht dachte sie, dass wir sie wegen ihres Singens aufziehen wollten. Wahrscheinlich kommt sie von dort oben, wo sie deutsch sprechen, und sie ist gereizt, weil sie hier sein muss, und dann erwartet sie ein Kind und ist nicht verheiratet, und dann ist sie eben gereizt.«

»Woher weißt du denn, dass sie nicht verheiratet ist?«

»Keinen Ring. Teufel noch mal, hier heiratet kein Mädchen, bevor sie nicht schwanger ist.«

Die Tür öffnete sich, und ein Trupp Holzfäller kam von der Landstraße herein; sie stampften ihre Stiefel ab und dampften in der Stube. Die Kellnerin brachte drei Liter jungen Wein für die Bande, und sie saßen rauchend und schweigsam an den beiden Tischen; sie hatten die Hüte abgenommen und lehnten sich rückwärts gegen die Wand oder vornüber auf den Tisch. Draußen hörte man von Zeit zu Zeit ein scharfes Glockengeklirr, wenn die Pferde vor den Holzschlitten die Köpfe hin und her warfen.

George und Nick waren glücklich. Sie mochten einander gern. Sie wussten, dass sie noch die Abfahrt nach Hause vor sich hatten.

»Wann musst du wieder zurück in die Schule?«, fragte Nick.

»Heute Abend«, antwortete George. »Ich muss den 10 Uhr 40 von Montreux kriegen.«

»Ich wünschte, du könntest bleiben, und wir könnten morgen den Dent du Lys machen.«

»Muss mich bilden«, sagte George. »Gott, Nick, wär's nicht herrlich, wenn wir einfach so rumstrolchen könnten? Unsere Skier nehmen und uns auf die Bahn setzen und aussteigen, wo's 'ne gute Abfahrt gibt, und dann weiter, in Kneipen kampieren und durchs ganze Oberland wandern und das Valais rauf und durchs ganze Engadin und nur Reparaturzeug und Reservesweater und Pyjamas in unseren Rucksäcken mitnehmen und uns den Teufel um die ganze Schule oder sonst was kümmern.«

»Ja, und dann so durch den Schwarzwald laufen. Mensch, all die tollen Orte.«

»Da warst du vorigen Sommer angeln, nicht wahr?«

»Ja.«

Sie aßen den Strudel und tranken den Wein aus.

George lehnte sich gegen die Wand zurück und schloss die Augen. »Vom Wein fühl ich mich immer so«, sagte er.

»Fühlst du dich schlecht?«, fragte Nick.

»Nein, gut, aber komisch.«

»Ich weiß«, sagte Nick.

»Sicher«, sagte George.

»Wollen wir noch 'ne Flasche bestellen?«, fragte Nick.

»Nicht für mich«, sagte George.

Sie saßen da, Nick hatte die Ellbogen auf den Tisch gestützt, und George fläzte sich gegen die Wand.

»Erwartet Helen ein Baby?«, fragte George und kippte von der Wand an den Tisch zurück.

»Ja.«

»Wann?«

»Im Spätsommer.«

»Freust du dich?«

»Ja, jetzt ja.«

»Wirst du nach Amerika zurückgehen?«

»Wahrscheinlich.«

»Möchtest du?«

»Nein.«

»Möchte Helen?«

»Nein.«

George saß schweigend da. Er sah auf die leere Flasche und die leeren Gläser.

»Zu gemein, nicht?«, sagte er.

»Nein, doch nicht ganz«, sagte Nick.

»Wieso nicht?«

»Ich weiß nicht«, sagte Nick.

»Ob ihr je in Amerika zusammen Ski laufen werdet?«, sagte George.

»Ich weiß nicht«, sagte Nick.

»Die Berge taugen nicht viel«, sagte George.

»Nein«, sagte Nick, »sie sind zu felsig. Es gibt zu viel Wald, und sie sind zu weit weg.«

»Ja«, sagte George, »genauso ist es in Kalifornien.«

»Ja«, sagte Nick, »so ist es eigentlich überall, wo ich war.«

»Ja«, sagte George, »das stimmt.«

Die Schweizer standen auf, zahlten und gingen hinaus.

»Ich wünschte, wir wären Schweizer«, sagte George.

»Die haben alle Kröpfe«, sagte Nick.

»Das glaube ich nicht«, sagte George.

»Ich auch nicht«, sagte Nick.

Sie lachten.

»Kann sein, dass wir nie wieder zusammen Ski laufen werden, Nick«, sagte George.

»Wir müssen, unbedingt«, sagte Nick. »Ohne lohnt ja das Ganze nicht.«

»Wir werden, bestimmt«, sagte George.

»Ja, wir müssen«, stimmte Nick zu.

»Ich wünschte, wir könnten einen Eid darauf ablegen«, sagte George.

Nick stand auf. Er zog den Gürtel seiner Windjacke fest zu. Er beugte sich über George und nahm die beiden Skistöcke von der Wand. Den einen Stock stieß er in den Fußboden.

»Hat keinen Sinn, einen Eid abzulegen«, sagte er.

Sie öffneten die Tür und gingen hinaus. Es war sehr kalt. Der Schnee war stark verharscht. Die Landstraße führte den Hügel hinauf in den Tannenwald.

Sie nahmen ihre Skier, die gegen die Mauer des Gasthauses lehnten. Nick zog seine Handschuhe an. George ging schon mit den Skiern auf der Schulter die Straße hinauf. Jetzt hatten sie noch die gemeinsame Abfahrt nach Hause vor sich.

Brüder Grimm

Frau Holle

Eine Witwe hatte zwei Töchter, davon war die eine schön und fleißig, die andere hässlich und faul. Sie hatte aber die hässliche und faule, weil sie ihre rechte Tochter war, viel lieber, und die andere musste alle Arbeit tun und das Aschenputtel im Hause sein. Das arme Mädchen musste sich täglich auf die große Straße bei einem Brunnen setzen und musste so viel spinnen, dass ihm das Blut aus den Fingern sprang. Nun trug es sich zu, dass die Spule einmal ganz blutig war, da bückte es sich damit in den Brunnen und wollte sie abwaschen: sie sprang ihm aber aus der Hand und fiel hinab. Es weinte, lief zur Stiefmutter und erzählte ihr das Unglück. Sie schalt es aber so heftig und war so unbarmherzig, dass sie sprach: »Hast du die Spule hinunterfallen lassen, so hol sie auch wieder herauf.« Da ging das Mädchen zu dem Brunnen zurück und wusste nicht, was es anfangen sollte: Und in seiner Herzensangst sprang es in den Brunnen hinein, um die Spule zu holen. Es verlor die Besinnung, und als es erwachte und wieder zu sich selber kam, war es auf einer schönen Wiese, wo die Sonne schien und vieltausend Blumen standen. Auf dieser Wiese ging es fort und kam zu einem Backofen, der war voller Brot; das Brot aber rief: »Ach, zieh mich raus, zieh mich raus, sonst verbrenn ich: Ich bin schon längst ausgebacken.« Da trat es herzu und holte mit dem Brotschieber alles nacheinander heraus. Danach ging es weiter und kam zu einem Baum, der hing voll Äpfel, und rief ihm zu: »Ach, schüttel mich, schüttel mich, wir Äpfel sind alle miteinander reif.« Da schüttelte es den Baum, dass die Äpfel fielen, als regneten sie, und schüttelte, bis keiner mehr oben war; und als es alle in einen Haufen zusammengelegt hatte, ging es wieder weiter. Endlich kam es zu einem kleinen Haus, daraus guckte eine alte Frau, weil sie aber so große Zähne hatte, ward ihm angst, und es wollte fortlaufen. Die alte Frau aber rief ihm nach: »Was fürchtest du dich, liebes Kind? Bleib bei mir, wenn du alle Arbeit im Hause ordentlich tun willst, so soll dir's gut gehn. Du musst nur achtgeben, dass du mein Bett gut machst und es fleißig aufschüttelst, dass die Federn fliegen, dann schneit es in der Welt; ich bin die Frau Holle.« Weil die Alte ihm so gut zusprach, so fasste sich das Mädchen ein Herz, willigte ein und begab sich in ihren Dienst. Es besorgte auch alles nach ihrer Zufriedenheit, und schüttelte ihr das Bett immer gewaltig auf, dass die Federn wie Schneeflocken umherflogen; dafür hatte es auch ein gutes Leben bei ihr, kein böses Wort, und alle Tage Gesottenes und Gebratenes. Nun war es eine Zeit lang bei der Frau Holle, da ward es traurig und wusste anfangs selbst nicht, was ihm fehlte, endlich merkte es, dass es Heimweh war; ob es ihm hier gleich vieltausendmal besser ging als zu Hause, so hatte es doch ein Verlangen dahin. Endlich sagte es zu ihr: »Ich habe den Jammer nach Haus gekriegt, und wenn es mir auch noch so gut hier unten geht, so kann ich doch nicht länger bleiben, ich muss wieder hinauf zu den Meinigen.« Die Frau Holle sagte: »Es gefällt mir, dass du wieder nach Hause verlangst, und weil du mir so treu gedient hast, so will ich dich selbst wieder hinaufbringen.« Sie nahm es darauf bei der Hand und führte es vor ein großes Tor. Das Tor ward aufgetan, und wie das Mädchen gerade darunter stand, fiel ein gewaltiger Goldregen, und alles Gold blieb an ihm hängen, sodass es über und über davon bedeckt war. »Das sollst du haben, weil du so fleißig gewesen bist«, sprach die Frau Holle und gab ihm auch die Spule wieder, die ihm in den Brunnen gefallen war. Darauf ward das Tor verschlossen, und das Mädchen befand sich oben auf der Welt, nicht weit von seiner Mutter Haus: Und als es in den Hof kam, saß der Hahn auf dem Brunnen und rief:

»*Kikeriki,*
unsere goldene Jungfrau ist wieder hie.«

Da ging es hinein zu seiner Mutter, und weil es so mit Gold bedeckt ankam, ward es von ihr und der Schwester gut aufgenommen.

Das Mädchen erzählte alles, was ihm begegnet war, und als die Mutter hörte, wie es zu dem großen Reichtum gekommen war, wollte sie der andern hässlichen und faulen Tochter gerne dasselbe Glück verschaffen. Sie musste sich an den Brunnen setzen und spinnen; und damit ihre Spule blutig ward, stach sie sich in die Finger und stieß sich die Hand in die Dornhecke. Dann warf sie die Spule in den Brunnen und sprang selber hinein. Sie kam, wie die andere, auf die schöne Wiese und ging auf demselben Pfade weiter. Als sie zu dem Backofen gelangte, schrie das Brot wieder: »Ach, zieh mich raus, zieh mich raus, sonst verbrenn ich, ich bin schon längst ausgebacken.« Die Faule aber antwortete: »Da hätt ich Lust, mich schmutzig zu machen«, und ging fort. Bald kam sie zu dem Apfelbaum, der rief: »Ach, schüttel mich, schüttel mich, wir Äpfel sind alle miteinander reif.«

Sie antwortete aber: »Du kommst mir recht, es könnte mir einer auf den Kopf fallen«, und ging damit weiter. Als sie vor der Frau Holle Haus kam, fürchtete sie sich nicht, weil sie von ihren großen

Zähnen schon gehört hatte, und verdingte sich gleich zu ihr. Am ersten Tag tat sie sich Gewalt an, war fleißig und folgte der Frau Holle, wenn sie ihr etwas sagte, denn sie dachte an das viele Gold, das sie ihr schenken würde; am zweiten Tag aber fing sie schon an zu faulenzen, am dritten noch mehr, da wollte sie morgens gar nicht aufstehen. Sie machte auch der Frau Holle das Bett nicht, wie sich's gebührte, und schüttelte es nicht, dass die Federn aufflogen. Das ward die Frau Holle bald müde und sagte ihr den Dienst auf. Die Faule war damit zufrieden und meinte, nun würde der Goldregen kommen; die Frau Holle führte sie auch zu dem Tor, als sie aber darunter stand, ward statt des Goldes ein großer Kessel voll Pech ausgeschüttet. »Das ist zur Belohnung deiner Dienste«, sagte die Frau Holle und schloss das Tor zu. Da kam die Faule heim, aber sie war ganz mit Pech bedeckt, und der Hahn auf dem Brunnen, als er sie sah, rief:

»Kikeriki,
unsere schmutzige Jungfrau ist wieder hie.«

Das Pech aber blieb fest an ihr hängen und wollte, solange sie lebte, nicht abgehen.

Henry David Thoreau

Winter in Walden Pond

Ich überstand einige fröhliche Schneestürme und
brachte manch behaglichen Abend an meinem
Kamin zu, während draußen ein heftiges Schneegestöber wütete und selbst die Eule verstummte. Wochenlang traf ich auf meinen Spaziergängen nur ab
und zu einen Menschen, der in den Wald gekommen war, um Holz zu fällen und es im Schlitten
zur Stadt zu bringen. Mithilfe der Elemente gelang
es mir übrigens, im tiefsten Schnee einen Pfad an-
zulegen. Der Wind blies nämlich Eichenblätter in
meine ersten Fußstapfen, die dort liegen blieben,
Sonnenstrahlen absorbierten und dadurch den
Schnee zum Schmelzen brachten, sodass ich nicht
nur einen trockenen Weg für meine Füße, sondern
dank der dunklen Linie auch einen Führer in der
Nacht erhielt.

In dieser Zeit bekam ich selten Besuch. Wenn
tiefer Schnee lag, wagte sich oft acht bis vierzehn
Tage lang kein Wanderer in die Nähe meiner Hütte.
Ich aber lebte dort so gemütlich wie eine Feldmaus, oder wie Haustiere und Geflügel, die lange

Zeit ohne Futter und im Schnee vergraben überle-
ben sollen. Oder wie die Familie eines der ersten
Ansiedler der Stadt Sutton, Massachusetts, dessen
Hütte im Jahr 1717 während seiner Abwesenheit
völlig vom Schnee zugedeckt wurde, sodass ein
Indianer sie nur an dem Loch, den der Atem des
Kamins in den Schnee geschmolzen hatte, erkannte
und die Familie retten konnte. Um mich allerdings
kümmerte sich kein freundlicher Indianer. Es war
auch nicht nötig, denn der Herr des Hauses war
daheim. Schneegestöber! Wie lustig das klingt! Die
Farmer kamen mit ihren Pferden nicht in die Wälder und zum Moor und mussten die schattenspen-
denden Bäume vor ihren Häusern fällen. Als aber
die Schneekruste fest genug war, fällten sie Bäume
im Moor – zehn Fuß über dem Boden, wie sich im
nächsten Frühjahr herausstellte.

Im tiefsten Schnee sah der etwa eine halbe Meile
lange Pfad, den ich benutzte, um von der Landstraße zu meinem Häuschen zu gelangen, wie
eine ganz unregelmäßig gewundene und bespren-
kelte Linie aus, mit viel Platz zwischen den Tüp-
feln. Denn eine Woche hindurch machte ich bei
gleichem Wetter genau die gleiche Anzahl Schritte
auf dem Hin- und Rückweg, indem ich bedacht-
sam und mit der Präzision eines Zirkels in meine
eigenen, tiefen Fußstapfen trat (zu solchem Schlen-
drian verlockt uns der Winter), die aber oft vom

Blau des Himmels erfüllt waren. Kein Wetter hielt mich je von meinen Spaziergängen oder vielmehr von meinen Streifzügen ab. Oft stampfte ich acht bis zehn Meilen weit durch den tiefsten Schnee, um eine Verabredung mit einer Buche oder einer Gelb-Birke einzuhalten oder auch mit einer alten Bekannten unter den Föhren, deren Äste sich unter dem Gewicht von Eis und Schnee bogen und die so scharfe Spitzen bekamen, dass sie wie Tannen aussahen. Ich stapfte noch auf die höchsten Hügel, wenn der Schnee schon fast zwei Fuß tief war. Bei jedem Schritt schüttelte ich dabei einen zweiten Schneefall von den Ästen. Manchmal kroch und rutschte ich auf allen vieren dorthin, wenn die Jäger schon ihre Winterquartiere bezogen hatten. Eines Nachmittags vergnügte ich mich damit, eine gestreifte Eule (Strix nebulosa) zu beobachten, die ungefähr fünfzehn Fuß von mir entfernt auf dem niedrigen, abgestorbenen Ast einer Weißfichte nahe am Stamm im Halbschatten saß. Sie hörte, wenn ich mich bewegte, weil der Schnee unter meinen Füßen knirschte, konnte mich aber nicht genau sehen. Wenn ich mehr Lärm machte, reckte sie den Hals, sträubte die Halsfedern und riss die Augen auf. Doch bald schlossen sich die Lider wieder, und sie nickte ein. Auch mich überkam eine Schläfrigkeit, nachdem ich sie etwa eine halbe Stunde lang beobachtet hatte. Diese geflügelte Schwester der

Katze saß mit halb geschlossenen Augen da; nur ein kleiner Schlitz blieb zwischen ihren Lidern frei, wodurch sie eine halbinselförmige Verbindung zu mir behielt. So spähte sie aus ihrem Traumland heraus und bemühte sich, das verschwommene Objekt oder das Stäubchen, das ihre Träume störte, zu erkennen. Als ich schließlich noch mehr Geräusche machte, wurde sie unruhig und drehte sich träge auf ihrem Ruheplatz herum, als ob sie es nun leid sei, sich noch weiter in ihren Träumen stören zu lassen. Als sie sich dann erhob und durch die Kiefern davonflog, wobei sie ihre Flügel zu überraschender Breite ausspannte, konnte ich nicht das leiseste Geräusch vernehmen. Mehr von ihrem Gefühl für die Umgebung als von ihrer Sehkraft geleitet, tastete sie sich vorsichtig durch das Halbdunkel, auf der Suche nach einem neuen Ruheplatz, wo sie in Frieden den Anbruch ihres Tages erwarten konnte.

Wenn ich den langen Bahndamm entlanglief, blies mir oft ein schneidend scharfer Wind entgegen, denn nirgends kann er sich besser austoben. Und wenn er mir auf die eine Wange einen eisigen Hieb verabreicht hatte, hielt ich – Heide, der ich war – ihm auch die andere hin. Auch auf dem Fahrweg am Brister's Hill war's nicht besser. Ich ging nämlich, wie ein freundlicher Indianer, selbst dann noch ins Dorf, wenn der Schnee von den Feldern in großen Massen gegen die Steinmauern der Walden Road geweht war und eine halbe Stunde genügte, um die Spuren des letzten Fußgängers zu verwischen. Kam ich zurück, so hatten sich besonders dort, wo der zudringliche Nordwestwind an einer scharfen Straßenbiegung den Pulverschnee zusammengeblasen hatte, neue Schneeverwehungen gebildet. Ich stampfte munter hindurch und suchte vergeblich nach einer Kaninchenspur oder den kleinen Fußabdrücken einer Feldmaus. Doch selbst mitten im Winter gelang es mir fast immer, irgendeine wärmere, sumpfige Stelle zu finden, wo Gras und Zehrwurz ihr Immergrün zeigten und ein widerstandsfähiger Vogel schon den Frühling erwartete.

Manchmal entdeckte ich, wenn ich abends von meinem Spaziergang zurückkehrte, im Schnee die tiefen Fußstapfen eines Holzfällers, die von meiner Hütte wegführten. Dann fand ich ein Häufchen feinster Holzspäne auf meinem Herd und das Haus vom Duft seiner Pfeife erfüllt. Oder ich hörte am Sonntagnachmittag, wenn ich zufällig zu Hause war, den Schnee unter den Schritten eines schlauen Bauern knirschen, der von weither durch die Wälder zu meinem Haus gewandert war, um einen Plausch mit mir zu halten – einer der wenigen seines Berufs, die »Herren ihrer Güter« sind, der statt des Professorentalars einen Bauernkittel trug und ebenso schnell die Moral aus Kirche und Staat ziehen, wie eine Ladung Mist auf seinen Stallhof schleppen konnte. Wir sprachen von den biederen, einfachen Zeiten, als die Menschen noch bei kaltem, frischem Wetter mit klaren Köpfen um ein großes Feuer saßen. Und wenn wir keinen anderen Nachtisch hatten, dann erprobten wir unsere Zähne an der einen oder anderen Nuss, die die klugen Eichhörnchen liegen gelassen hatten. Denn die mit der dicksten Schale sind meistens hohl.

Der Mann, der im tiefsten Schnee und bei starkem Sturm den weitesten Weg zurücklegte, um zu meiner Hütte zu gelangen, war ein Dichter. Bauern, Jäger, Soldaten, Reporter, ja sogar Professoren lassen sich abschrecken. Einen Dichter jedoch hält nichts ab, denn ihn treibt die Liebe. Wer kann sein Kommen und Gehen voraussagen? Sein Beruf ruft ihn zu jeder Zeit hinaus, selbst dann, wenn die Ärzte schlafen. Meine kleine Hütte hallte von unserem lärmenden Frohsinn wider, die Wände wurden Zeugen vieler ernsthafter Gespräche, die das Waldental für seine lang andauernde Stille entschädigten. Mit meinem Haus verglichen erschien der Broadway dann ruhig und öde. In angemessenen Abständen gab es regelrechte Lachsalven, die man sowohl auf den eben gemachten als auch auf den jetzt kommenden Scherz beziehen konnte. Bei einer Schüssel dünnen Haferschleims stellten wir manch nagelneue Theorie des Lebens auf, in der sich die Vorzüge des fröhlichen Schmauses mit der Klarheit des Denkvermögens vereinte, welche die Philosophie verlangt.

Einen anderen willkommenen Besucher möchte ich noch erwähnen, der während meines letzten Winters am See zu mir kam und einmal bei Schnee, Regen und Finsternis durch das Dorf wanderte, bis er meine Lampe durch die Bäume schimmern sah. Er verbrachte einige lange Winterabende mit mir. Er war einer der letzten Philosophen, den Connecticut der Welt geschenkt hat; der anfangs mit den Waren seiner Heimat handelte, danach mit seinem Geist. Damit hausiert er noch immer, singt Gottes Lob, obwohl die Menschen von dem Sänger nichts wissen wollen, und trägt keine andere Frucht als seinen Geist wie die Nuss ihren Kern. Er ist meiner Ansicht nach von allen lebenden Menschen der mit dem stärksten Glauben. Seine Worte und Einstellungen verraten stets, dass er die Dinge von einem besseren Gesichtspunkt aus betrachtet als andere Menschen. Er wird der Letzte sein, der sich vom Wandel der Zeit enttäuscht fühlt. Gegenwärtig hat er keine Aufgabe. Aber mag er auch jetzt verhältnismäßig wenig gelten: Wenn seine Zeit kommt, werden ungeahnte Gesetze in Kraft treten und Familienväter und Staatsmänner ihn um Rat bitten:

»Wie blind ist der, der die Heiterkeit nicht sieht!«

Ein wahrer Menschenfreund ist er, fast der einzige Freund menschlichen Fortschritts. Wie Scotts *Old Mortality* oder eher »Immortality«, der mit unermüdlicher Geduld und Zuversicht Gottes Inschrift in den Zügen der Menschen wieder ausmeißeln will, die in ihnen so entstellt ist wie ihre eigene auf den schiefen Grabsteinen. Sein großmütiger Geist umfängt Kinder, Bettler, Geisteskranke und Gelehrte. Er nimmt sich der Gedanken aller an und fügt ihnen meist noch einen weiteren Blick und verbesserten Geschmack hinzu. Er sollte eine Karawanserei an der Hauptstraße der Welt betreiben, wo Philosophen aller Länder einkehren können. Auf ihrem Türschild sollte geschrieben stehen: »Hier findet der Mensch Speis und Trank, aber nicht das Tier in ihm. Eintritt für alle, die Muße haben und ruhigen Geistes sind und sich ernsthaft bemühen, den rechten Pfad zu finden.« Er ist vielleicht der gesündeste und zielstrebigste Mensch, den ich kenne, und er bleibt sich immer treu. Früher schlenderten wir oft gemeinsam umher, plauderten und ließen die Welt weit hinter uns. Denn er fühlte sich an ihre Einrichtungen nicht gebunden, war frei geboren, ingenuus. Wohin auch immer wir gingen, stets schienen Himmel und Erde sich vereint zu haben, denn er erhöhte die Schönheit der Landschaft. Ein Mann in blauem Gewand, dessen würdigstes Dach das Himmelsgewölbe ist, das seine heitere Ruhe widerspiegelt. Dass er je sterben wird, kann ich nicht fassen. Die Natur kann ihn nicht entbehren.

Da jeder von uns einige gut getrocknete Gedankenschindeln hatte, setzten wir uns nebeneinander und schnitzten sie in passende Formen, wobei wir die Schärfe unserer Messer und die deutliche, gelbe Maserung der Kürbiskiefer bewunderten. Wir wateten so leise und andächtig oder ruderten so glatt, dass die Gedankenfische nicht verscheucht wurden und sich vor den Anglern am Ufer nicht fürchteten, sondern stattlich hin und her schwammen, wie die Wolken oder perlmutternen Schäfchen, die sich am Abendhimmel bilden und wieder auflösen. So durchkämmten wir gemeinsam die Mythologie, rundeten hier und da eine Legende ab und bauten Luftschlösser, für die die Erde keinen würdigen Grund bot. Du großer Seher! Du großer Erwarter! Sich mit dir zu unterhalten war wie Neuenglands Tausendundeine Nacht. Und wie wir drei uns unterhalten konnten: der Einsiedler, der Philosoph und der alte Siedler, von dem ich schon sprach! Da dehnte sich mein Haus und krachte in den Fugen. Ich wage nicht zu sagen, um wie viel der atmosphärische Druck auf jeden Quadratzoll erhöht wurde. Die Nähte meiner Hütte platzten, sodass sie an den ruhigen

Tagen danach wieder geflickt werden mussten, um das Leck zu dichten. Doch ich hatte schon im Voraus genug Kalfaterwerg gesammelt.

Es gab noch einen anderen, in dessen Haus im Dorf ich unvergessliche Stunden verlebte und der auch mich von Zeit zu Zeit besuchte. Sonst hatte ich keine Gesellschaft.

Auch hier, wie überall, erwartete ich manchmal einen Gast, der niemals kommt. Die Vishnu Purana sagt: »Der Hausherr soll um die Abendzeit so lange in seinem Hof bleiben, wie man braucht, um eine Kuh zu melken, oder auch länger, wenn ihm der Sinn danach steht, und die Ankunft eines Gasts erwarten.« Ich kam dieser Pflicht der Gastfreundschaft oft nach und wartete so lange, dass eine ganze Kuhherde hätte gemolken werden können. Doch den Mann, der sich von der Stadt aus genähert hätte, sah ich nicht.

Wenn die Seen fest zugefroren waren, entstanden nicht nur neue und kürzere Wege zu vielen Stellen; man hatte auch neue Ausblicke auf die vertraute Landschaft ringsum. Wenn ich den verschneiten Flint's Pond überquerte, erschien er mir, obwohl ich oft auf ihm gerudert und Schlittschuh gelaufen war, so überraschend groß und fremd, dass ich unwillkürlich an die Baffin Bay denken musste. Ringsum erhoben sich die Lincoln Hills von der schneebedeckten Ebene, doch ich konnte mich nicht erinnern, je zuvor dort gestanden zu haben. Die Fischer, die sich mit ihren wölfischen Hunden in unbestimmbarer Entfernung über das Eis bewegten, erinnerten an Robbenjäger oder Eskimos; bei Nebel wirkten sie wie Fabelwesen, von denen man nicht wusste, ob man sie für Riesen oder Pygmäen halten sollte. Ich nahm diesen Wegs übers Eis, wenn ich abends in Lincoln einen Vortrag hielt, sodass ich zwischen meiner Hütte und dem Vorlesungssaal weder eine Straße betrat noch an einem Haus vorbeikam. Im Goose Pond, der auf meinem Weg lag, wohnte eine Kolonie Bisamratten, deren Nester sich weit über das Eis erhoben, aber wenn ich vorbeiging, ließ sich keins der Tiere blicken. Der Walden war wie die meisten Seen frei von Schnee oder zeigte nur einzelne schneebedeckte Stellen. Er war mein Hinterhof, auf dem ich ungehindert herumspazieren konnte, wenn überall knietief Schnee lag und die Dorfbewohner ganz auf ihre Straßen angewiesen waren. Hier, fern von der Dorfstraße, von der ich nur in großen Abständen das Schlittengeläut herüberhallen hörte, glitt ich über das Eis und lief Schlittschuh wie auf einer großen, gut ausgetretenen Elchweide, umgeben von Eichenwäldern und feierlichen Kiefern, die sich unter der Schneelast bogen und stolz ihre Eiszapfen emporstreckten.

In Mondnächten und auch oft an Wintertagen drang aus unendlicher Ferne das hilflose, melodische Heulen einer Eule zu mir herüber. Das war ein Ton, wie ihn die gefrorene Erde hervorbringen würde, wenn man sie mit einem passenden Plektrum schlüge; die unverfälschte lingua vernacula der Walden Woods, die mir schließlich ganz vertraut wurde, obwohl ich den Vogel, der sie sprach, in solchen Augenblicken nie zu Gesicht bekam. Selten öffnete ich an einem Winterabend meine Tür, ohne diesen Klang zu hören. Hu–hu–hu–hurruh–hu erschallte er sonor, und die ersten drei Silben klangen wie How-do-you-do, manchmal auch nur Huh–Huh. Einmal wurde ich am Anfang des Winters, spätabends gegen neun Uhr, von dem lauten Trompeten der Wildgänse aufgeschreckt. Ich ging zur Tür und hörte ihr Flügelrauschen wie einen Sturm über mein Haus ziehen. Sie flogen über den See nach Fair Haven, und das Licht meiner Lampe hatte sie offenbar davon abgehalten, sich niederzulassen. In regelmäßigen Abständen ließ ihr Anführer sein Quaken ertönen. Plötzlich rief ganz in meiner Nähe unverkennbar eine Katzeneule. Mit der schrillsten, fürchterlichsten Stimme, die ich je von einem Waldbewohner vernommen habe, gab sie der Gans regelmäßig Antwort, als ob sie – die Eingeborene – entschlossen wäre, diesen Eindringling aus der Hudson Bay mit dem kräftigeren

Klang ihrer Stimme zu übertrumpfen und ihn aus Concord hinauszuhuhuen. Wie kannst du es wagen, um diese heilige Nachtzeit meine Festung zu alarmieren? Glaubst du, man hätte mich je bei meiner Wache schlafend erwischt und dass ich nicht eine genauso gute Kehle und Lunge hätte wie du? Bu-hu, Bu-hu, Bu-huuu! Es war eine der gellendsten Dissonanzen, die ich je gehört habe. Und doch konnte ein geschultes Ohr einzigartige Harmonien in ihr wahrnehmen.

Ich hörte auch das Stöhnen des Eises im See, meines großen Schlafgenossen, als wälzte er sich unruhig im Bett, litte an Blähungen oder Albträumen. Oder ich wurde vom Krachen des Bodens aus dem Schlaf geschreckt, als ob jemand mit seinem Gespann gegen meine Tür gerumpelt wäre. Am nächsten Morgen fand ich dann einen Spalt in der Erde, eine Viertelmeile lang und einen Zoll breit.

In mondhellen Nächten hörte ich manchmal Füchse über die Schneekruste streifen, um sich ein Rebhuhn oder ein anderes Wild zu fangen. Sie bellten rau und dämonisch wie verwilderte Hunde, als hätten sie Angst, wollten etwas sagen, verlangten nach Licht oder wären lieber richtige Hunde, um frei in den Straßen herumtollen zu können. Denn wenn wir in Jahrhunderten rechnen: Könnte die Zivilisation bei den wilden Tieren dann nicht genauso voranschreiten wie bei den Menschen? Sie erschienen mir wie rudimentäre Höhlenmenschen, die ihre Veränderung erwarteten. Gelegentlich wurde einer von ihnen vom Licht an mein Fenster gelockt, bellte mir einen füchsischen Fluch zu und verschwand.

In der Morgendämmerung weckte mich meist das rote Eichhörnchen (Sciurus hudsonius), das auf dem Dach und an den Hauswänden auf und ab lief, als wäre es eigens dafür aus dem Wald hergeschickt. Im Laufe des Winters warf ich einen halben Scheffel Maiskolben, die nicht reif geworden waren, auf die Schneekruste vor meiner Tür und beobachtete die Bewegungen der verschiedenen Tiere, die dadurch angelockt wurden. In der Dämmerung und nachts kamen regelmäßig die Kaninchen und griffen herzhaft zu. Tagsüber kamen die roten Eichhörnchen und bereiteten mir mit ihren Kunststücken viel Vergnügen. Eins kam erst vorsichtig durch die Zwergeichen angeschlichen, hüpfte in kleinen Sätzen über den Schnee wie ein vom Wind getriebenes Blatt, huschte mit erstaunlicher Geschwindigkeit und Kraft erst ein paar Schritte in die eine Richtung, wobei sich die Beinchen so unfassbar schnell bewegten, als wäre es ein Wettrennen, und lief dann wieder mit genauso vielen Schritten in die andere Richtung, wobei es insgesamt nicht mehr als fünf Fuß vorankam. Dann blieb es plötzlich mit einem drolligen Ausdruck und einem überraschenden

Salto stehen, als ob alle Augen der Welt auf es gerichtet wären – denn die Bewegungen eines Eichhörnchens setzen selbst in den verlassensten Waldgegenden wie bei einer Ballerina stillschweigend Zuschauer voraus. Es verschwendete mehr Zeit mit Umsichblicken und Innehalten, als nötig gewesen wäre, um gemächlich den ganzen Weg zurückzulegen – was ich allerdings nie beobachtet habe. Dann saß es plötzlich, schneller als man »Jack Robinson« sagen konnte, hoch oben in einer jungen Pechkiefer, zog seine Uhr auf und verspottete seine imaginären Zuschauer, indem es gleichzeitig mit sich selbst und zum Universum redete – weder ich noch wahrscheinlich das Tier selbst konnten den Grund dafür nennen. Schließlich erreichte es die Maiskolben, suchte sich einen passenden heraus und huschte mit den gleichen trigonometrischen Bewegungen auf den obersten Scheit des Holzstoßes vor meinem Fenster. Von dort aus sah es mir direkt ins Gesicht und blieb stundenlang dort sitzen. Nur ab und zu versorgte es sich mit einem neuen Kolben, an dem es gierig knabberte, um ihn, wenn er halb abgefressen war, fortzuschleudern. Dann wurde es immer wählerischer, fraß nur noch das Innere und spielte mit dem Kolben; balancierte ihn lässig auf einem Holzscheit und ließ ihn schließlich zur Erde fallen. Mit einem komischen, unentschlossenen Ausdruck blickte es auf ihn hinunter. Anscheinend hielt es den Kolben für etwas Lebendiges und konnte sich nicht entscheiden, ob es den alten wiederholen, einen neuen stehlen oder fliehen sollte, wobei es im einen Augenblick den Mais betrachtete und im nächsten dem Wind lauschte. So vergeudete der kleine freche Kerl den Vormittag über manchen Kolben, bis er schließlich einen der längsten und dicksten packte, der um einiges größer war als er selbst, und ihn wie ein Tiger den Büffel in Richtung der Wälder schleifte. Wieder im Zickzacklauf, machte er so viele Pausen und ließ den Kolben so häufig fallen, als wäre er zwar zu schwer für ihn, aber doch zu gut, um ihn zurückzulassen – ein einzigartig kecker und launischer kleiner Bursche! Und so zog er mit dem Kolben in Richtung seiner Behausung ab, vielleicht zum Wipfel einer dreißig oder vierzig Fuß entfernten Kiefer, und später fand ich die Kolbenreste an den verschiedensten Stellen im Wald verstreut.

Schließlich kamen auch die Eichelhäher, deren krächzende Schreie ihnen vorauseilten, wenn sie sich aus einer Achtelmeile Entfernung vorsichtig näherten. Verstohlen und heimlich hüpften sie von Baum zu Baum immer näher heran und pickten die von den Eichhörnchen fallen gelassenen Maiskörner auf. Dann setzten sie sich auf den Zweig einer Pechkiefer und versuchten hastig ein großes Korn zu schlucken, das für ihre Kehle zu groß war und sie fast erstickte. Unter großer Mühe würgten sie es wieder heraus und verbrachten die nächste Stunde damit, es mit den Schnäbeln klein zu hacken. Es waren offensichtlich Diebe, und ich hatte wenig Respekt vor ihnen. Die Eichhörnchen aber, wenn auch anfangs scheu, bedienten sich, als wäre es ihr gutes Recht.

Inzwischen kamen auch die Schwarzmeisen in Scharen herbei, pickten die von den Eichhörnchen fallen gelassenen Maiskrümel auf, flogen auf den nächsten Zweig, nahmen sie unter ihre Krallen und hämmerten mit ihren kleinen Schnäbeln auf sie ein, als wären es Insekten in der Baumrinde, bis sie für ihre schmalen Schlünde klein genug waren. Eine kleine Schar dieser Meisen kam auch täglich, um ihr Mittagessen aus meinem Holzstoß herauszupicken oder die Krümel vor meiner Tür aufzulesen. Ihr leises lispelndes Zwitschern klang wie das Klingeln der Eiszapfen im Gras, manchmal auch wie ein helles day-day-day oder seltener ein metallenes, sommerliches phe-be. Sie waren so zutraulich, dass sich einmal eine von ihnen auf das Holz setzte, das ich auf den Armen ins Haus trug, und furchtlos an den Scheiten pickte. Auch ein Spatz setzte sich einmal für einen kurzen Augenblick auf meine Schulter, als ich gerade in einem Dorfgarten den Boden hackte, und ich fühlte mich durch dieses Ereignis mehr ausgezeichnet als durch das

Tragen irgendeiner Epaulette. Mit der Zeit wurden auch die Eichhörnchen so zutraulich, dass sie mir manchmal sogar über den Schuh liefen, wenn das der nächste Weg war.

Als noch nicht überall Schnee lag und gegen Ende des Winters, als er am Südhang meines Hügels und um den Holzstoß herum bereits geschmolzen war, kamen morgens und abends Rebhühner aus den Wäldern, um bei mir zu speisen. Wohin man im Wald auch geht, flattert mit schwirrenden Flügeln das Rebhuhn auf und schüttelt den Schnee, der im Sonnenschein wie ein feiner Goldstaub herniederrieselt, von den dürren Blättern und oberen Zweigen, denn dieser tapfere Vogel lässt sich durch den Winter nicht vertreiben. Oft wird er von Schneewehen verschüttet, und es heißt, dass er »bisweilen plötzlich aus dem Flug im Schnee untertaucht, wo er sich ein paar Tage versteckt hält«.

Adalbert Stifter

Wenn der Weg nicht mehr zu finden war

Wir mussten einen schweren Winter überstehen. So weit die ältesten Menschen zurückdenken, war nicht so viel Schnee. Vier Wochen waren wir einmal ganz eingehüllt in ein fortdauerndes graues Gestöber, das oft Wind hatte, oft ein ruhiges, aber dichtes Niederschütten von Flocken war. Die ganze Zeit sahen wir nicht hinaus. Wenn ich in meinem Zimmer saß und die Kerzen brannten, hörte ich das unablässige Rieseln an den Fenstern, und wenn es licht wurde und die Tageshelle eintrat, sah ich durch meine Fenster nicht auf den Wald hin, der hinter der Hütte stand, die ich hatte abbrechen lassen, sondern es hing die graue, lichte, aber undurchdringliche Schleierwand herab; in meinem Hofe und in der Nähe des Hauses sah ich nur auf die unmittelbarsten Dinge hinab, wenn etwa ein Balken emporstand, der eine Schneehaube hatte und unendlich kurz geworden war, oder wenn ein langer, weißer, wolliger Wall anzeigte, wo meine im Sommer ausgehauenen Bäume lagen, die ich zum weitern Baue verwenden wollte. Als alles vorüber war und wieder der blaue und klare Winterhimmel über der Menge von Weiß stand, hörten wir oft in der Totenstille, die jetzt eintrat, wenn wir an den Hängen hinunterfuhren, in dem Hochwalde oben ein Krachen, wie die Bäume unter ihrer Last zerbrachen und umstürzten. Leute, welche von dem jenseitigen Lande über die Schneide herüberkamen, sagten, dass in den Berggründen, wo sonst die kleinen, klaren Wässer gehen, so viel Schnee liege, dass die Tannen von fünfzig Ellen und darüber nur mit den Wipfeln herausschauen. Wir konnten nur den leichteren Schlitten brauchen – ich hatte nämlich noch einen machen lassen –, der etwas länger, aber schmaler war als der andere. Er fiel wohl öfter um, aber konnte auch leichter durch die Schluchten, welche die Schneewehen bildeten, durchdringen. Ich konnte jetzt nicht mehr allein zur Besorgung meiner Geschäfte herumfahren, weil ich mir mit allen meinen Kräften in vielen Fällen allein nicht helfen konnte. Und es waren mehr Kranke, als es in allen sonstigen Zeiten gegeben hatte. Deswegen fuhr jetzt der Thomas immer mit mir, dass wir uns gegenseitig beistünden, wenn der Weg nicht mehr zu finden war, wenn wir den Fuchs aus dem Schnee, in den er sich verfiel, austreten mussten, oder wenn einer, da es irgendwo ganz unmöglich war, durchzudringen, bei dem Pferde bleiben und der andere zurückgehen und Leute holen musste, damit sie uns helfen. Es wurde nach dem großen Schneefalle auch so kalt, wie man es kaum je erlebt hatte. Auf einer Seite war es gut; denn der tiefe Schnee fror so fest, dass man über Stellen und über Schlünde gehen konnte, wo es sonst unmöglich gewesen wäre; aber auf der andern Seite war es auch schlimm; denn die Menschen, welche viel gingen, ermüdet wurden und unwissend waren, setzten sich nieder, gaben der süßen Ruhe nach und wurden dann erfroren gefunden, wie sie noch saßen, wie sie sich niedergesetzt hatten. Vögel fielen von den Bäumen, und wenn man es sah und sogleich einen in die Hand nahm, war er fest wie eine Kugel, die man werfen konnte. Wenn meine jungen Rappen ausgeführt wurden und von einem Baume oder sonst wo eine Schneeflocke auf ihren Rücken fiel, so schmolz dieselbe nicht, wenn sie nach Hause kamen, wie lebendig und tüchtig und voll von Feuer die Tiere auch waren. Erst im Stalle verlor sich das Weiß und Grau von dem Rücken. Wenn sie ausgeführt wurden, sah ich manchmal den jungen Gottlieb mitgehen und hinter den Tieren her bleiben, wenn sie auf verschiedenen Wegen herumgeführt wurden, aber es tut nichts, die Kälte wird ihm nichts anhaben, und er ist ja in den guten Pelz gehüllt, den ich ihm aus meinem alten habe machen lassen. Ich ging oft in die Zimmer der Meinigen hinab und sah, ob alles in der Ordnung sei, ob sie gehörig Holz zum Heizen hätten, ob die Wohnung überall gut geborgen sei, dass nicht auf einen, wenn er vielleicht im Bette sei, der Strom einer kalten Luft gehe und er erkranke; ich sah auch nach der Speise; denn bei solcher Kälte ist es nicht einerlei, ob man das oder jenes esse. Dem Gottlieb, der nur mit Spänen heizte, ließ ich von den dichten Buchenstöcken hinüberlegen. Im Eichenhage oben soll ein Knall geschehen sein, der seinesgleichen gar nicht hat. Der Knecht des Beringer sagte, dass einer der schönsten Stämme durch die Kälte von unten bis oben gespalten worden sei, er habe ihn selber gesehen. Der Thomas und ich waren in Pelze und Dinge eingehüllt, dass wir zwei Bündeln, kaum aber Menschen gleichsahen. Dieser Winter, von dem wir dachten, dass er uns viel Wasser bringen würde, endigte endlich mit einer Begebenheit, die wunderbar war und uns leicht in äußerste Gefahr hätte bringen können, wenn sie nicht eben gerade so abgelaufen wäre, wie sie ablief. Nach dem vielen Schneefalle und während der Kälte war es immer schön, es war immer blauer Himmel, morgens rauchte es beim Sonnenaufgange von Glanz und Schnee, und nachts war der Himmel dunkel wie sonst nie, und es standen viel mehr Sterne in ihm als zu allen Zeiten. Dies dauerte lange – aber einmal fiel gegen Mittag die Kälte so schnell ab, dass man die Luft bald warm nennen konnte, die reine Bläue des Himmels trübte sich, von der Mittagseite des Waldes kamen an dem Himmel Wolkenballen, gedunsen und fahlblau, in einem milchigen Nebel schwimmend, wie im Sommer, wenn ein Gewitter kommen soll – ein leichtes Windchen hatte sich schon früher gehoben, dass die Fichten seufzten und Ströme Wassers von ihren Ästen niederflossen. Gegen Abend standen die Wälder, die bisher immer bereift und wie in Zucker eingemacht waren, bereits ganz schwarz in den Mengen des bleichen und wässerigen Schnees da.. Wir hatten bange Gefühle, und ich sagte dem Thomas, dass sie abwechselnd nachschauen, dass sie die hinteren Tore im Augenmerk halten sollen und dass er mich wecke, wenn das Wasser zu viel werden sollte. Ich wurde nicht geweckt, und als ich des Morgens die Augen öffnete, war alles anders, als ich es erwartet hatte. Das Windchen hatte aufgehört, es war so stille, dass sich von der Tanne, die ich keine Büchsenschusslänge von meinem Fenster an meinem Sommerbänkchen stehen sah, keine einzige Nadel rührte; die blauen und mitunter bleichfarbigen Wolkenballen waren nicht mehr an dem Himmel, der dafür in einem stillen Grau unbeweglich stand, welches Grau an keinem Teile der großen Wölbung mehr oder weniger grau war, und an der dunklen Öffnung der offen stehenden Tür des Heubodens bemerkte ich, dass feiner, aber dichter Regen niederfiel; allein wie ich auf allen Gegenständen das schillerige Glänzen sah, war es nicht das Lockern oder Sickern des Schnees, der in dem Regen zerfällt, sondern das blasse Glänzen eines Überzuges, der sich über alle die Hügel des Schnees gelegt hatte. Als ich mich angekleidet und meine Suppe gegessen hatte, ging ich in den Hof hinab, wo der Thomas den Schlitten zurechtrichtete. Da bemerkte ich, dass bei uns herunten an der Oberfläche des Schnees während der Nacht wieder Kälte eingefallen war, während es oben in den höheren Teilen des Himmels warm geblieben war; denn der Regen floss fein und dicht hernieder, aber nicht in der Gestalt von Eiskörnern, sondern als reines, fließendes Wasser, das erst an der Oberfläche der Erde gefror und die Dinge mit einer dünnen Schmelze überzog, derlei man in das Innere der Geschirre zu tun pflegt, damit sich die Flüssigkeiten nicht in den Ton ziehen können. Im Hofe zerbrach der Überzug bei den Tritten noch in die feinsten Scherben, es musste also erst vor Anbruch des Tages zu regnen angefangen haben. Ich tat die Dinge, die ich mitnehmen wollte, in ihre Fächer, die in dem Schlitten angebracht waren, und sagte dem Thomas, er solle doch, ehe wir zum Fortfahren kämen, noch den Fuchs zu dem untern Schmied hinüberführen und nachschauen lassen, ob er scharf genug sei, weil wir heute im Eise fahren müssten. Es war uns so recht, wie es war, und viel lieber, als wenn der unermessliche Schnee schnell und plötzlich in Wasser verwandelt worden wäre. Dann ging ich wieder in die Stube hinauf, die sie mir viel zu viel geheizt hatten, schrieb einiges auf und dachte nach, wie ich mir heute die Ordnung einzurichten hätte. Da sah ich auch, wie der Thomas den Fuchs zum untern Schmied hinüberführte. Nach einer Weile, da wir fertig waren, richteten wir uns zum Fortfahren. Ich tat den Regenmantel um und setzte meine breite Filzkappe auf, davon der Regen abrinnen konnte. So machte ich mich in dem Schlitten zurechte und zog das Leder sehr weit herauf. Der Thomas hatte seinen gelben Mantel um die Schultern und saß vor mir in dem Schlitten. Wir fuhren zuerst durch den Thaugrund, und es war an dem Himmel und auf der Erde so stille und einfach grau, wie des Morgens, sodass wir, als wir einmal stillehielten, den Regen durch die Nadeln fallen hören konnten. Der Fuchs hatte die Schellen an dem Schlittengeschirre nicht recht ertragen können und sich öfter daran geschreckt, deshalb tat ich sie schon, als ich nur ein paar Male mit ihm gefahren war, weg. Sie sind auch ein närrisches Klingeln, und mir war es viel lieber, wenn ich so fuhr, manchen Schrei eines Vogels, manchen Waldton zu hören oder mich meinen Gedanken zu überlassen, als dass ich immer das Tönen in den Ohren hatte, das für die Kinder ist. Heute war es freilich nicht so ruhig, wie manchmal das stumme Fahren des Schlittens im feinen Schnee war, wie im Sande, wo auch die Hufe des Pferdes nicht wahrgenommen werden konnten; denn das Zerbrechen des zarten Eises, wenn das Tier darauftrat, machte ein immerwährendes Geräusch, daher aber das Schweigen, als wir halten mussten, weil der Thomas in dem Riemzeug etwas zurechtzurichten hatte, desto auffallender war. Und der Regen, dessen Rieseln durch die Nadeln man hören konnte, störte die Stille kaum, ja er vermehrte sie. Noch etwas anderes hörten wir später, da wir wieder hielten, was fast lieblich für die Ohren war. Die kleinen Stücke Eises, die sich an die dünnsten Zweige und an das langhaarige Moos der Bäume angehängt hatten, brachen herab, und wir gewahrten hinter uns in dem Walde an verschiedenen Stellen, die bald dort und bald da waren, das zarte Klingen und ein zitterndes Brechen, das gleich wieder stille war. Dann kamen wir aus dem Walde hinaus und fuhren durch die Gegend hin, in der die Felder liegen. Der gelbe Mantel des Thomas glänzte, als wenn er mit Öl übertüncht worden wäre; von der rauen Decke des Pferdes hingen Silberfranzen hernieder; wie ich zufällig einmal nach meiner Filzkappe griff, weil ich sie unbequem auf dem Haupte empfand, war sie fest, und ich hatte sie wie eine Kriegshaube auf;

und der Boden des Weges, der hier breiter und, weil mehr gefahren wurde, fester war, war schon so mit Eise belegt, weil das gestrige Wasser, das in den Gleisen gestanden hatte, auch gefroren war, dass die Hufe des Fuchses die Decke nicht mehr durchschlagen konnten und wir unter hallenden Schlägen der Hufeisen und unter Schleudern unseres kleinen Schlittens, wenn die Fläche des Weges ein wenig schief war, fortfahren mussten.

Wir kamen zuerst zu dem Karbauer, der ein krankes Kind hatte. Von dem Hausdache hing ringsum, gleichsam ein Orgelwerk bildend, die Verzierung starrender Zapfen, die lang waren, teils herabbrachen, teils an der Spitze ein Wassertröpfchen hielten, das sie wieder länger und wieder zum Herabbrechen geneigter machte. Als ich ausstieg, bemerkte ich, dass das Überdach meines Regenmantels, das ich gewöhnlich so über mich und den Schlitten breite, dass ich mich und die Arme darunter rühren könne, in der Tat ein Dach geworden war, das fest um mich stand und beim Aussteigen ein Klingelwerk fallender Zapfen in allen Teilen des Schlittens verursachte. Der Hut des Thomas war fest, sein Mantel krachte, da er abstieg, auseinander, und jede Stange, jedes Holz, jede Schnalle, jedes Teilchen des ganzen Schlittens, wie wir ihn jetzt so ansahen, war in Eis, wie in durchsichtigen, flüssigen Zucker gehüllt, selbst in den Mähnen, wie tausend bleiche

Perlen, hingen die gefrornen Tropfen des Wassers, und zuletzt war es um die Hufhaare des Fuchses wie silberne Borden geheftet.

Ich ging in das Haus. Der Mantel wurde auf den Schragen gehängt, und wie ich die Filzkappe auf den Tisch des Vorhauses legte, war sie wie ein schimmerndes Becken anzuschauen.

Als wir wieder fortfahren wollten, zerschlugen wir das Eis auf unsern Hüten, auf unsern Kleidern, an dem Leder und den Teilen des Schlittens, an dem Riemzeug des Geschirres und zerrieben es an den Haaren der Mähne und der Hufe des Fuchses. Die Leute des Karbauers halfen uns hierbei. Das Kind war schon schier ganz gesund. Unter dem Obstbaumwalde des Karhauses, den der Bauer sehr liebt und schätzt und der hinter dem Hause anhebt, lagen unzählige kleine schwarze Zweige auf dem weißen Schnee, und jeder schwarze Zweig war mit einer durchsichtigen Rinde von Eis umhüllt und zeigte neben dem Glanze des Eises die kleine frischgelbe Wunde des Herabbruchs. Die braunen Knösplein der Zweige, die im künftigen Frühling Blüten- und Blätterbüschlein werden sollten, blickten durch das Eis hindurch.

Wir setzten uns in den Schlitten. Der Regen, die graue Stille und die Einöde des Himmels dauerten fort.

Dagmar Leupold

Schnee

Ich sitze in meinem Arbeitszimmer und weiß nicht, was ich schreiben soll. Der Garten vor meinem Fenster ist tief verschneit, der Himmel blau wie eine unerlaubte Retuschierung.

Meine Tochter baut ein Iglu, den ihre Brüder nicht betreten dürfen.

»Es ist mein Schnee«, behauptet sie.

»Meiner!«

»Meiner!«

Schließlich schreiben alle drei – in gebührender Entfernung vom Nächsten – ihre Namen in den Schnee; die beiden Ältern helfen dem Jüngsten dabei.

»Jeder wohnt bei seiner Schrift«, ruft meine Tochter.

So einfach ist das im Schnee.

Walter Benjamin

Schmöker

Aus der Schülerbibliothek bekam ich die liebsten. In den unteren Klassen wurden sie zugeteilt. Der Klassenlehrer sagte meinen Namen, und dann machte das Buch über die Bänke seinen Weg; der eine schob es dem anderen zu, oder es schwankte über die Köpfe hin, bis es bei mir, der sich gemeldet hatte, angekommen war. An seinen Blättern haftete die Spur von Fingern, die sie umgeschlagen hatten. Die Kordel, die den Bund abschloss und oben und unten vorstieß, war verschmutzt. Vor allem aber hatte sich der Rücken viel bieten lassen müssen; daher kam es, dass beide Deckelhälften sich von selbst verschoben und der Schnitt des Bandes Treppchen und Terrassen bildete. An seinen Blättern aber hingen, wie Altweibersommer am Geäst der Bäume, bisweilen schwache Fäden eines Netzes, in das ich einst beim Lesenlernen mich verstrickt hatte.

Das Buch lag auf dem viel zu hohen Tisch. Beim Lesen hielt ich mir die Ohren zu. So lautlos hatte ich doch schon einmal erzählen hören. Den Vater freilich nicht. Manchmal jedoch, im Winter, wenn ich in der warmen Stube am Fenster stand, erzählte das Schneegestöber draußen mir so lautlos. Was es erzählte, hatte ich zwar nie genau erfassen können, denn zu dicht und unablässig drängte zwischen dem Altbekannten Neues sich heran. Kaum hatte ich mich einer Flockenschar inniger angeschlossen, erkannte ich, dass sie mich einer anderen hatte überlassen müssen, die plötzlich in sie eingedrungen war. Nun aber war der Augenblick gekommen, im Gestöber der Lettern den Geschichten nachzugehen, die sich am Fenster mir entzogen hatten. Die fernen Länder, welche mir in ihnen begegneten, spielten vertraulich wie die Flocken umeinander. Und weil die Ferne, wenn es schneit, nicht mehr ins Weite, sondern ins Innere führt, so lagen Babylon und Bagdad, Akko und Alaska, Tromsö und Transvaal in meinem Innern. Die linde Schmökerluft, die sie durchdrang, schmeichelte sie mit Blut und Fährnis so unwiderstehlich meinem Herzen ein, dass es den abgegriffenen Bänden die Treue hielt.

Nachweis

Walter Benjamin (15. Juli 1892, Berlin – 26. September 1940, Portbou / Spanien)
Schmöker. Aus: Walter Benjamin, *Berliner Kindheit um Neunzehnhundert.* Hoffmann und Campe Verlag, Hamburg 2013.

Richard Brautigan (30. Januar 1935, Tacoma / Washington – September 1984, Bolinas / Kalifornien)
Der kleinste Schneesturm, der je registriert wurde. Aus dem Amerikanischen von Günter Ohnemus. Aus: Richard Brautigan, *Der Tokio-Montana-Express.* Copyright © 1987 by Eichborn Verlag, Frankfurt.

Gottfried August Bürger (31. Dezember 1747, Molmerswende – 8. Juni 1794, Göttingen)
Des Baron Münchhausens Schneeabenteuer (Titel von der Herausgeberin). Aus: *Wunderbare Reisen zu Wasser und Lande, Feldzüge und lustige Abenteuer des Freiherrn von Münchhausen.* Deutsche Meister-Verlag, München 1922.

Brüder Grimm (Jacob: 4. Januar 1785, Hanau – 20. September 1863, Berlin, und Wilhelm: 24. Februar 1786, Hanau – 16. Dezember 1859, Berlin)
Frau Holle. Aus: *Die schönsten Märchen der Brüder Grimm.* Diogenes Verlag, Zürich 2005.

Von Daniel Kehlmann ist in der Reihe SALON im Kampa Verlag *Der unsichtbare Drache. Ein Gespräch mit Heinrich Detering* erschienen.

Dagmar Leupold (*23. Oktober 1955, Niederlahnstein, lebt in München)
Schnee. Aus: Dagmar Leupold, *Destillate.* Copyright © 1996 by Fischer Taschenbuch Verlag GmbH, Frankfurt am Main. Von Dagmard Leupold ist als Kampa Pocket der Roman *Die Witwen* erschienen, auch als Kampa Pocket erscheint 2024 der Roman *Dagegen die Elefanten!.*

Haruki Murakami (*12. Januar 1949, Kyōto , lebt in Ōiso)
Der Eismann. Aus dem Japanischen von Ursula Gräfe. Aus: Haruki Murakami, *Blinde Weide, schlafende Frau.* Copyright © 1996 by Haruki Murakami, Copyright für die deutsche Ausgabe © 2006 by DuMont Literatur und Kunst Verlag, Köln.

Angelika Overath (*17. Juli 1957, Karlsruhe, lebt in Sent im Engadin)
Kleines Senter Schneetagebuch. Zuerst (leicht gekürzt) erschienen auf www.srf.ch. Copyright © 2023 by Angelika Overath. Abdruck mit freundlicher Genehmigung der Autorin.

Alexander Puschkin (6. Juni 1799, Moskau – 29. Januar 1837, Sankt Petersburg)
Der Schneesturm. Aus dem Russischen von Alexander Eliasberg. Aus: Alexander Puschkin, *Der Schneesturm.* Wegweiser-Verlag, Berlin 1921.

Joachim Ringelnatz, eigentlich Hans Bötticher (7. August 1883, Wurzen bei Leipzig – 17. November 1934, Berlin)
Flugzeug am Winterhimmel. Aus: Joachim Ringelnatz, *Sämtliche Gedichte*. Diogenes Verlag, Zürich 2005.

Joseph Roth (2. September 1894, Brody [in der heutigen Ukraine] – 27. Mai 1939, Paris)
Verschneite Welt. Aus: Joseph Roth, *Werke*. Kiepenheuer & Witsch, Köln 1989. Von Joseph Roth ist im Kampa Verlag als Gatsby-Original *Die Legende vom heiligen Trinker* erschienen, mit einem Nachwort von Volker Weidermann.

Hansjörg Schertenleib (*4. November 1957, Zürich, lebt im Burgund)
Nach dem Blizzard (Titel von der Herausgeberin). Auszug aus: *Palast der Stille*, erschienen 2020 als Gatsby-Buch im Kampa Verlag, auch lieferbar als Kampa Pocket. Copyright © 2020 by Kampa Verlag AG, Zürich. Von Hansjörg Schertenleib ist im Herbst 2023 der Roman *Schule der Winde* erschienen.

Adalbert Stifter (23. Oktober 1805, Horní Planá [im heutigen Tschechien] – 28. Januar 1868, Linz)
Wenn der Weg nicht mehr zu finden war. Aus: Adalbert Stifter, *Gesammelte Werke. Erster Band*. Insel Verlag, Wiesbaden 1949.

Paul Theroux (*10. April 1941, Medford / Massachusetts, lebt in Cape Cod und auf Hawaii)
Es muss ein Zauber sein. Aus dem Amerikanischen von Renate Orth-Guttmann. Erschienen 2019 in einer

schönen gebundenen Ausgabe als Gatsby-Buch im Kampa
Verlag. Copyright © 2019 by Kampa Verlag AG, Zürich.

Henry David Thoreau (12. Juli 1817, Concord / Massa-
chusetts – 6. Mai 1862, ebenda)
Winter in Walden Pond (Titel von der Herausgeberin).
Aus dem Amerikanischen von Wilhelm Nobbe und
Regina Roßbach. Auszug aus: *Walden oder vom Leben
in den Wäldern*, erschienen als Kampa Pocket im Kampa
Verlag. Copyright © 2021 by Kampa Verlag AG, Zürich.
Von Henry David Thoreau sind im Kampa Verlag als
Kampa Pockets außerdem erschienen: *Eine Sommerreise.
Die Wildnis von Maine* und *Vom Wandern*.

Anton Tschechow (29. Januar 1860, Taganrog / Russland –
15. Juli 1904, Badenweiler)
Kleiner Scherz. Aus dem Russischen von Alexander Eliasberg. Aus: Anton Tschechow, *Von der Liebe. Novellen
von Anton Tschechow*. Gustav Kiepenheuer Verlag, Wei-
mar 1917.

KAMPA 🔺 POCKET

Rotes Lametta

Mörderische Weihnachtsgeschichten
Herausgegeben von Aleksia Sidney

Dieses Jahr wird Weihnachten
endlich spannend.

Wenn Blut aus dem Weihnachtsstrumpf tropft, statt Geschenken eine Leiche im Kamin steckt, an der Tanne nicht nur Lametta hängt und gestohlen statt geschenkt wird, macht das Fest der Nächstenliebe seinem Namen nicht gerade alle Ehre. Nicht ohne Grund hat die Weihnachtszeit immer wieder die größten Krimiautorinnen und -autoren zu mörderischen Geschichten angeregt – zum Glück für alle Leserinnen und Leser, denen die besinnliche Zeit immer ein wenig zu ruhig und friedlich daherkommt.

Krimi-Superstars wie Simon Beckett, Michael Connelly, Åke Edwardson, Henning Mankell, Laura Lippman und Maurizio de Giovanni sorgen dafür, dass Weihnachten in diesem Jahr ganz bestimmt nicht langweilig wird.

»Den Nächsten, der ›Frohe Weihnachten‹
zu mir sagt, bringe ich um.«
Dashiell Hammett

KAMPA POCKET

Georges Simenon
Weihnachten in Paris

Erzählungen

Eine Verfolgungsjagd quer durch Paris am Heiligabend
und ein Weihnachtswunder in einem kleinen Restaurant
in Montmartre – zwei Weihnachtsgeschichten.

Zu Weihnachten leuchtet Paris noch glanzvoller als sonst. Ein
ganz anderes Blinken beschäftigt die Inspektoren, die in der
Weihnachtsnacht Dienst haben: Auf einem großen Stadtplan
leuchtet ein Lämpchen auf, wenn jemand an einer der zahllosen
Notrufsäulen der Stadt Alarm schlägt. Als plötzlich ein Lämpchen nach dem anderen anfängt zu blinken, ist die Ruhe dahin.
Nie ist jemand am anderen Ende der Leitung, aber Inspektor Jan-
vier ahnt, dass die Weihnachtsnacht auf den Boulevards alles andere als friedlich ist. Hat der Serienmörder wieder zugeschlagen,
der ganz Paris seit Wochen in Atem hält?

So ungewöhnlich die Jagd nach einem Mörder am Heiligabend,
so traurig die Gewissheit, dass an den Feiertagen die Selbstmord-
rate steigt. Als sich in einem Restaurant in Montmartre ein Mann
erschießt, bringt er mit seiner verzweifelten Tat zwei Frauen zusammen, die unterschiedlicher kaum sein könnten, und ermög-
licht so ein kleines Weihnachtswunder.

»Ich hatte nie etwas für die leeren Stunden des Tages oder
der Nacht, bis die ersten Bücher von Simenon erschienen.«
Ernest Hemingway

KAMPA 🔺 POCKET

Georges Simenon
Weihnachten bei den Maigrets

Roman
Aus dem Französischen von Hansjürgen Wille,
Barbara Klau und Bahar Avcilar
Mit einem Nachwort von Dror Mishani

Weihnachten mit Simenon:
Das schönste Buchgeschenk – nicht nur für Fans.

Der erste Weihnachtstag verläuft nicht nach Madame Maigrets Vorstellungen. Kaum hat sie warme Croissants geholt und den Kaffee aufgesetzt, klingelt es an der Tür: Die neugierige Nachbarin von gegenüber berichtet von einem seltsamen Vorfall am Vorabend. Die kleine Colette habe Besuch vom Weihnachtsmann bekommen. Noch seltsamer erscheint Maigret die kühle Ziehmutter des Mädchens. Von zu Hause aus löst Maigret den Fall und kann seiner Frau das wohl schönste Weihnachtsgeschenk machen.

»Meine Bewunderung für Simenon
und seinen Kommissar Maigret ist gewaltig.«
Henning Mankell

KAMPA ⏃ POCKET

Alex Lépic
*Lacroix und die stille Nacht
von Montmartre*

Sein dritter Fall
Kriminalroman

Weihnachten mit Commissaire Lacroix.

Weiße Weihnachten in Paris. Das hat es zuletzt vor fünfzig Jahren gegeben, erinnert sich Lacroix. Der dichte Schneefall verwandelt die Stadt binnen weniger Stunden in eine verwunschene Winterlandschaft, die vorweihnachtliche Ruhe aber langweilt den Commissaire. Als auf der beliebten Place du Tertre, dem Herzstück Montmartres, die prachtvolle Weihnachtsbeleuchtung gestohlen und in der nächsten Nacht die große Nordmanntanne unterhalb von Sacré-Cœur gefällt wird, bietet Lacroix sogleich seine Hilfe an – auch wenn er eigentlich nicht zuständig ist, leitet er doch das Kommissariat im fünften Arrondissement, rive gauche. Weder die Künstler von Montmartre noch die Touristen haben etwas gesehen, aber Lacroix' Instinkt sagt ihm, dass es hier um mehr geht als den Vandalismus eines Weihnachtshassers. Er ermittelt gemeinsam mit der Leiterin des Reviers auf dem Berg – und mit der Hilfe seiner Frau Dominique. Werden sie Schlimmeres verhindern können, damit pünktlich zum Fest der Liebe wieder Frieden herrscht in der Stadt der Liebe?

»Auch den dritten Fall mit Commissaire Lacroix
beschreibt Alex Lépic so bildhaft und stimmungsvoll, dass
man beim Lesen das Gefühl hat, nach Paris gereist zu sein.«
Margit Meier / WAZ

KAMPA 🔺 POCKET

Sascha Reh
Aurora

Roman

Eine Weihnachtsgeschichte der anderen Art: kurz vor
Heiligabend in einer stürmischen Nacht auf Bornholm.

Kurz vor Heiligabend bricht ein Schneesturm über die sonst so
milde Insel Bornholm herein. Ole, der Lokalreporter einer Tages-
zeitung, soll darüber berichten, obwohl er sich eher zur Analyse
von Weltereignissen berufen fühlt. Zudem ist die Konsequenz
des Kälteeinbruchs zunächst Stillstand, und wie soll man über
etwas berichten, bei dem nichts geschieht? Per Zufall verschlägt
es Ole in einen Schützenpanzer, mit dem der junge Soldat Eric
in großer Eile unterwegs ist: Eine Frau erwartet in einem vom
Schnee abgeschnittenen Ort ein Kind, und Eric hat angeblich den
Auftrag, die Hebamme zu ihr zu bringen. Doch kaum ist Tamara
zugestiegen, braut sich zwischen den drei höchst unterschied-
lichen Menschen mehr als nur eine Sturmfront zusammen. Als
der Panzer im Schneegestöber stecken bleibt, führt für den
Reporter nur noch ein Weg zu der großen Story, die er dringend
braucht: ins Innere seiner Mitfahrer.

»Ein überraschender, temporeicher und unterhaltsamer
Roman, der ganz nebenbei auch eine Art Weg-
beschreibung von der Dunkelheit ins Licht enthält.«
Joachim Dicks / NDR

Wenn Ihnen dieses KAMPA POCKET
gefallen hat, gefällt Ihnen vielleicht auch der
Lesetipp auf der gegenüberliegenden Seite.

Schicken Sie uns bitte Ihren LIEBLINGSSATZ
aus einem Kampa Pocket, bei einer Veröffent-
lichung auf unseren Social-Media-Kanälen
bedanken wir uns mit einem Buchgeschenk:
lieblingssatz@kampaverlag.ch